新疆生产
建设兵团
七十年纪事

新疆生产建设兵团成立70周年
The 70th Anniversary of the Founding of The Xinjiang Production and Construction Corps

· 新疆生产建设兵团七十年纪事 ·

边魂

刘永涛 著

中国文联出版社　新疆生产建设兵团出版社

图书在版编目（CIP）数据

边魂 / 刘永涛著. -- 北京：中国文联出版社；五家渠：新疆生产建设兵团出版社，2024.11. -- ISBN 978-7-5190-5635-3

Ⅰ．I247.5

中国国家版本馆 CIP 数据核字第 2024V11C70 号

作　　者	刘永涛
责任编辑	吕　欣　卞正兰
责任校对	秀点校对
装帧设计	李思安

出版发行	中国文联出版社有限公司　新疆生产建设兵团出版社
社　　址	北京市朝阳区农展馆南里 10 号　　邮编 100125
电　　话	010-85923025（发行部）　010-85923091（总编室）
经　　销	全国新华书店等
印　　刷	廊坊佰利得印刷有限公司

开　　本	710 毫米 ×1000 毫米　　1/16
印　　张	13
字　　数	140 千字
版　　次	2024 年 11 月第 1 版第 1 次印刷
定　　价	50.00 元

版权所有・侵权必究
如有印装质量问题，请与本社发行部联系调换

| 目录 |

第一章　/ 001

第二章　/ 085

第三章　/ 153

第一章

1

多年后，魏远征才真正明白那个清晨其实是他走向孤独的开端。

和往常的五月一样，八点刚过，那个清晨的太阳便跳动在遥远的地平线，显出远山清瘦的轮廓，更显出萨尔布拉克草原茫茫而冷峻的银灰。风诡异而无形，碰触着草尖的露珠，半个腰身越来越近，在羊圈里打着旋，换来羊群莫名而惆怅般的声声咩叫。哈罗感觉到什么，支棱了一下耳朵，向着天空发出一声试探性的吠叫。天空如同一个喜欢恶作剧的巨兽，把那声吠叫拧成一块石头，又硬生生地砸了回来。哈罗机警地向旁边一跳，对着天空发出更加凶狠的叫声。天空懒得再搭理哈罗，半眯着眼，让哈罗的叫声在空气中弥漫。

哈罗的叫声再也无法唤来任何回应。哈罗是兵二连最有权威的狗。哈罗一叫，别人家的狗便跟着叫，寂静的连队迎来一天当中最初的喧哗。连队的清晨便是在狗吠的延绵中拉开了序幕。

但连队已经变得空空荡荡，昨天老田家的四眼算是站好了最后一班岗，当一里地之外的哈罗发出一声响亮的叫声，它瞬间便接了过来，用尽肺腑之力进行着最后的表演。或许是由于昨天的清晨唯独是属于它的应和，它足足狂叫了近一刻钟才吐着舌头，大口喘息。那时哈罗并没有觉得有什么失落，清晨一过，老田家的四眼过来和哈罗道别时，哈罗仍然保持着一如既往的威严。四眼围着哈罗转圈，嘴里发出悲凄般的哼唧，仍然胆怯的眼神里有着不舍的热望。但哈罗几乎忽视了这是离别的表达，它昂着头，望着茫茫的草原，等待着再一次出征。这是哈罗一贯的品质与性格，也是它作为王者的冷傲。四眼再一次被哈罗的气度折服，它耸动着黑色的鼻子，嗅着哈罗特有的气息，就像是为了最后的怀念，更像是为了给自己增加最后的胆识。

然而此刻，哈罗终于意识到什么。那空荡荡的叫声让它的眼神里有了惶惑。它扭过头，望着魏远征，轻轻地叫了一声，就像是发出一声询问。魏远征当然注意到它困惑的眼神，其实从老田走的那一刻，他就知道一个人留下意味着什么。前天晚上，老田陪着他喝了最后一顿酒。苞谷酒辛辣的气息不仅灌满他们的肺腑，整个房间更是满满当当。但他们都不说话，只是默默喝酒。作为老战友，老田已经多停留了一个星期，虽然老田嘴上的理由站得住脚，但他们彼此心里都明白，老田不过是作最后的不舍与陪伴。经过老田老婆的数次催促，他们终于迎来了最后的道别，道别的酒沉默如夜，更像是以后岁月的前奏。最终，老田把自己钟爱的收音机送给了魏远征。他眼里的泪光一闪而过，说，老伙计，送你啦，你用得着。

望着哈罗固执的眼神，他用手重重抚摸着哈罗的脑袋。哈罗的耳朵支棱了一下，感觉到传递过来的无言的力量。哈罗活跃起来，就像瞬间消散了所有的困惑，它围着魏远征转了两圈，轻声叫着，等待着新一天的启程。是该启程了，从哈罗无边的活力中，魏远征甚至也产生了一丝困惑，其实这个清晨和往日的清晨并没有什么不同。他收拾停当，带好干粮、水和望远镜，离开房间时，他看了一眼木桌上的收音机。但他只是看了一眼。

出了房门，哈罗已经显得急不可耐，它跑到魏远征脚边嗅了一下，又跑到羊圈门口。魏远征知道它的意思，他差不多比平时晚了十分钟，他打开羊圈门，羊群在头羊的带领下簇拥着出了羊圈。与别的羊相比，头羊几乎高出整整一头，温和而敦厚的目光里有着永恒不变的沉着。路是老路，头羊知道该往哪儿去，他手里的羊鞭更多的是一种象征。走了半里地，道路右边的连队如同一块块沉默的巨石让人产生一种无法言说的压抑与伤感。好在羊群不觉得，哈罗也不觉得，那一刻魏远征望着无动于衷的羊群与哈罗不由得发出一声苦笑，他觉得自己并不比它们坚强。连队在身后远了，路在前方延伸，他像是最后一头羊，跟着行走。羊群顺着尘土飞扬着的土路，半个小时的工夫便踏入草原。五月初的草原仍显得一片青灰，绿意只是在远方摇曳。但此刻的阳光近了许多，几乎停留在一切生灵的鼻尖。羊群弥漫开来，埋头吃草，偶尔抬头望望，跟随着头羊的步伐陷入草原的深处。

当太阳高高悬起，羊群来到边境线。那是一条看似模糊的边境线，没有任何醒目的标识，更没有界碑，只是一条被日积月累走出来的羊肠小道。小道裸露着坚硬的泥土，偶尔钻出的一两棵青草又被羊群悄无声息地啃食干净。小道的右侧曾犁出的松土带，在岁月的侵蚀下，又重新归于草的世界，只是明显高出了几厘米。小道右侧的草原代表着另一个国度，由于没有牛羊的光顾，草看上去一片丰茂。

但没有哪只羊穿过小道到右边去吃草。头羊明白那是无法逾越的鸿沟，在日积月累中，那条看似模糊的边境线其实无比清晰。当然，也有一些不谙世事的小羊曾经眼馋那边青草的茂盛，但被哈罗凶狠地咬了回来。羊群在哈罗一次次的告诫与处罚中明白，那边对它们来说，不过是一片虚境，而这边才是它们的家园与牧场。

羊鞭突然响起，抽打着寂静的空气。魏远征之所以挥动羊鞭，也只是一种宣告，一种仪式。果然，头羊顿了一下，扭头看了一眼小道的右边，又扭头看了一眼小道的左边，然后沿着既定的路线前行。魏远征望着羊群，如同望着一群雪白的士兵。没错，那是他的士兵，此刻，他是统领着它们的将军，在寂静中完成着自己的使命。

与通向草原的土路不同，羊群并没有腾起阵阵烟尘，那泛黑的泥土虽然坚硬，但还保留着一丝水分，那是草原沁润的结果，如果把那条羊肠小道比喻成一棵延伸的树干，那么草原便是它无边无境的根须，输送着潮湿的养分。望着那条羊肠小道，魏远征的眼睛有些潮湿，毕竟这条路他已经走了十八年，而眼下，为了自己的承诺，他还将继续走下去。一种悲壮与慷慨充满他的胸腔。

2

魏远征做梦都没有想到连队会被撤销。当上面的命令下来时，他整个人都蒙了，整个连队的人也蒙了。兵二连算得上临危受命，十八年前，当他们踏入这片草原，便承担着所谓的"三代"任务，"三代"任务结束后，新的命令下达了，沿着边境线成立国营农场带，屯垦战略要地，继续捍卫领土完整。十八年来，兵二连始终驻守在萨尔布拉克草原，完成着自己的使命。十八年过去了，兵二连的人已经深深融入这片草原，他们开垦了大片的土地，种了玉米与小麦，也早从最初的"地窝子"搬进了土坯房。但现在一纸命令下来，要让这片土地重新归于牧场，归于沉寂。当然，上面也给兵二连找好了出路，让他们集体安置到七十公里之外的裕民县城。

兵二连的人虽然心里怅然，但裕民县城却激起了他们更大的向往。毕竟那是县城，说实在点，以后就是城里人了，有楼房，有抽水马桶，可能还有电话，干的活更是风吹不着，雨淋不着，与现在恶劣的环境相比，去县城不是享福是什么，只有傻瓜才想不通呢。兵二连的人经过最初的难过、失落，不禁一个个兴奋起来，激动起来。

魏远征却死活想不通。上面的命令下来后，他找到连长兼指导员急吼吼地问，连长，怎么会无缘无故撤销呢？连长火了，什么叫无缘无故，上面这样做肯定有上面的原因，这片草原归于地方也叫物归原主。那边境线咋办，咱们不是一直在履行着巡边的任务吗？连长迟疑了一下说，上面肯定有更高远的考虑，再说不是有边防站，虽说多年前咱们已经集体转业，但军队的属性还在，作为一名军人，服从命令是天职。

连长并没有完全把魏远征说服，他带着一丝困惑又去了边防站。到边防站有十几里路，他心里揣着一把火，不由得一次次抽打着胯下的大青马。到了边防站时，大青马已经累得气喘吁吁。见到边防站的老张，他不由得笑道，什么风把你吹来了？魏远征干脆立落地说，无事不登三宝殿，你们巡边的路线做了调整了没有？调整个啥？老张困惑地问。我们兵二连撤销了。魏远征沮丧地说道。老张打了他一拳说，这么大的事我能不知道嘛，你难过个啥，去城里享福不好吗？魏远征冷哼一声说，如果我真想享福，当初就留在北京，那小小的县城与北京相比，连屁都算不上。老张打着哈哈说，那倒是，不过我们的路线确实没经过调整，估计也不可能调整。毕竟老张只是一个排长，魏远征在老张的引见下又找到连长。见到刘连长，魏远征主动敬了一个军礼，刘连长听老张介绍完，满脸微笑地说，你就是老魏啊，这么多年真是辛苦了。魏远征有点不好意思地笑着说，辛苦个啥，都习惯了。我是想问问边防站巡边路线的事有没有变化，毕竟我们兵二连要撤销了。刘连长说，这我当然知道，不过我们巡边的路线也是上面定下来的，不会做出任何更改。魏远征眼睛一亮说，那就是说兵二连撤销后会留下六七公里的盲区对不对？连长愣了，沉思了一下说，没错，你们走后，确实会留下盲区，不过我们有更重要的路线要巡防，这也是没有办法的事。再说，我们的人力也有限。这样吧，这事，我向上面反映一下。魏远征欣慰地说，行，你们这边反映，我也向连里反映一下，看上面会不会有什么新的安排与部署。连长拍拍他的肩膀说，老魏，虽说你早已转业，但这份觉悟还是值得让人佩服的。魏远征的脸一下子涨红了，他说，这不算什么，我的一些战友可是为了这条边境线把命都留下了。

  魏远征回到连队已经是深夜，但怀揣着重大发现的他无论如何也躺不下去，他连夜去敲连长的房门。连长已经睡下，在屋里吼，谁？魏远征赶紧接话说有重大发现要汇报。连长起来后，拧着眉头问，有什么重大发现？魏远征说了。连长不禁恼怒万分，你真是咸吃萝卜，还需要你操这份心，你要相信组织。就算是盲区，上面也会有上面的考虑。魏远征梗着脖子说，为了这条边境线，咱们兵二连的人不仅付出了青春，有的人还付出了生命。我们只有如实反映情况，才对得起死去的战友。连长怔住了，叹息了一声说，好，我知道了，我向上面反映反映。魏远征不禁激动起来，慷慨激昂地说，纵使上面决定撤销兵二连，起码也得留下一个排的人才对，只有这样，才能做到万无一失。连长挥了一下手说，那就是上面的决定了，赶紧滚蛋，老子要睡觉。

但一个月过去了，上面没有任何动静。魏远征去找连长，连长正为连队撤销善后的事忙得焦头烂额，颇不耐烦地说，你问我，我怎么知道，该反映的都反映了。魏远征碰了一鼻子灰，但并不气馁，他分别给军区和中央都写了信。又是两个月过去了，上面还是没有任何消息。这两个月，魏远征每天都陷入巨大的焦虑当中，光是边防站就跑了三趟。边防站的连长同样无法给他任何回复，只是安慰他说，上面肯定知道现在的情况，之所以没有动静，估计会有别的考虑。魏远征说，不管怎么考虑，下来了解一下情况还是应该的吧。边防站连长不再说话。

还有让魏远征更进退维谷的事，兵二连所有的人开始签意向书。别的人都欢天喜地地签了，轮到他，他倒迟疑了，说再等等。不到三天，全连的人都签了，就剩下他了。连长把他叫到连部办公室问他到底是怎么想的，为什么不签。魏远征脸色沉重地说，我还是想再等等。还等个鸟，就给你一天的考虑时间。连长给他下了最后通牒。

从连长办公室出来已是黄昏，魏远征向连队的西北角走去。顺着西北角，再走上两里地，便是一片墓地，最前面的两座墓与别的墓隔着近五六米的距离，墓碑上的字迹鲜红如血，分别写着"刘爱珍烈士永垂不朽""张锐强烈士永垂不朽"。魏远征坐在刘爱珍的墓前，脑海里浮现出刘爱珍那张美丽的脸庞。他的眼泪流了下来，他曾经对着她的墓碑发过誓，要一生一世守护着这片草原，守护着她。他实在想不通，上面为何要撤销兵二连，那不等于刘爱珍和张锐强白白牺牲了？虽说现在边境的状况得到了极大的改善，但总得有人守护啊。"我到底该怎么办？"魏远征一遍遍问刘爱珍。刘爱珍不回答。魏远征又一遍遍问张锐强，张锐强也保持着沉默。夜深了，月光如盘，照得四周一片银白。一种默默的东西滋润着魏远征的肺腑，那是记忆深处的往事，一点点涌动，最终像种子一般破土而出。他终于感到一种前所未有的平静。

第二天，当连长再找到他时，他无比平静地说，我哪儿也不去，我就在这。连长愣了一下，气极败坏地说，连队都不在了，你在这当野人吗？再说，你怎么生活。魏远征仍然是平静的语气，我真的决定了，不离开这里。我可以像过去一样放牧，像过去一样巡边。那你的身份怎么办？你不签字就等于放弃了自己的职工身份。连长又耐心劝慰道。我不要了。我可以像哈萨克牧民一样，只要不离开这片草原。连长张着嘴，久久说不出话来。

连队的人听说他放弃了职工身份，都纷纷问他到底是怎么想的。魏远征只是淡淡地说，在这里待习惯了，懒得挪窝，再说，放牧也是一个不错的想法，估计要不了几年，就能发一笔大财，到那时，我想去哪里去哪里。老田当然不相信他的这番鬼话，说，老魏，既然上面不让我们守边了，那就有上面的道理，咱们得为自己考虑，你也老大不小了，到现在还是孤身一人，到了县城没什么不好，起码那里人多，你确实该成个家了，不孝有三，无后为大。魏远征叹息了一声说，我答应过爱珍和锐强，我不能违背自己的誓言。老田说，这是组织上的决定，你现在离开并不算真正违背。魏远征说，老田，你不用劝我了，我已经决定了。老田只能发出一声长长的叹息。

　　虽然魏远征有了自己的想法，但连长并没有放弃他。他给魏远征办了停职留薪手续，继续保留了他的职工身份，并且把连队的羊群按照最低标准处理给了魏远征。连里的人说走就走了，都搬到了县城，几乎都在新成立的汽修厂和手套厂上班。连长临走时专门来看魏远征，他围着魏远征的羊圈转了一圈，最后钻进了魏远征的屋子。连长瞅着黑乎乎的房子说，你这房子该修了，要不搬到连部去住，连部边的几套房子盖了没几年。魏远征嘿嘿一笑说，住在这里，放牧方便，再说，你们走后，整个连队都是我的了，我想住哪间就住哪间。连长也笑了，说，还真是这个理，整个连队可不都是你魏远征的了。魏远征给连长递了莫合烟过去，连长熟练地卷上，凑着魏远征打着的火，吸了一口。魏远征也卷上一根莫合烟，默默吸着。连长终于问道，你想好了。魏远征说，想好了。连长又说，连队在不在完全是两种性质，别的不说，光是寂寞你就受不了。魏远征吸了一口，不言语。还好，身份还保留着，你想回来，随时可以回来。魏远征点了点头。连长猛吸了一口，辛辣的莫合烟把连长的眼泪都呛出来了，他多少有些哽咽地说，老魏，你多保重，我服的人不多，你算一个。

3

　　正午时分，魏远征率领着那群洁白的士兵完成了近七公里的巡视。在头羊的带领下，羊群再次弥漫开来，在草原深处静静地吃草。

魏远征坐了下来，打开黄色的军用挎包，拿出昨晚蒸好的馒头，扔给哈罗一个。哈罗几口便把那个馒头吞进肚里，又盯着他的黄挎包。魏远征又扔给它一个。哈罗进食的速度明显慢了下来，有着享受的意思。然后他掏出一个馒头，掰开，又从挎包里拿出一个棕色的咸菜瓶，在馒头中间倒上咸菜，开始了自己的午饭。他吃完午饭，喝了几口水，躺在草地上，望着天空。今天是个好天气，朵朵白云在天空慢慢流动，变幻出一个又一个动物的形状。阳光热烈起来，让人昏昏欲睡，他索性闭上眼睛。他又嗅到了那股独特的气息，带着一种青草的味道，还有家乡红梅花开时的芬芳。那其实是记忆中刘爱珍的气息。

第一次见到刘爱珍是他来到萨尔布拉克草原的一个星期后。来的头一个星期，带给他的震撼远远超过他的想象。真实的新疆完全不像别人所描述的那样。甘肃一过，划过眼帘的几乎全是戈壁与荒漠。魏远征出生在山东的一个山村，到处是青山绿水，到了北京的部队，那里更是一派繁荣的景象。他没想到竟然还有这样的地域，满眼荒芜，几乎连一棵草都看不到。当然，作为一名军人，以服从命令为天职，纵使上刀山下火海，也在所不辞，何况这是他主动的选择。退役前，他完全可以选择留在北京，不少战友都在北京的工厂联系好了单位，营里的教导员是他的同乡，已经帮着联系好了好几位战友的出处，并主动找到了他，问他是怎么想的。但那时的他装着满腔的豪情，他庄重地说，我要响应党中央的号召，到祖国最需要的地方去。教导员一愣，又笑着说，那你可要做好吃苦的准备。他不屑地说，吃苦算什么，我喜欢当兵，只有到了那里，我才能继续是一个兵。教导员也被他质朴的情怀感染，重重拍着他的肩膀说，一个人只有为了自己的理想付出，才算是最有意义的活着，我为你这个小老乡感到骄傲。他临行前，教导员给他送了一套新军服。这样的礼物简直太珍贵了，魏远征激动得浑身发颤。

到了乌鲁木齐，他们又坐了三天四夜的车，从草绿色的解放牌汽车上下来，他整个人像散了架，眼前更是灰蒙蒙一片。更吃惊的是看见不少战士从地下钻了出来。到了下午，分配宿舍时，他才弄清那是地窝子，也是他今后的容身之所。地窝子很简单，就是在地下挖一个一米左右的坑，四方或长方形，四周用土坯垒起近半米的矮墙，顶上放几根椽子，再搭上一些树枝编成的筏子，再用枯草和泥巴盖顶。他们的地窝子有五六平方米，分配了六位战士。一道大通铺，里面乌漆麻黑。为了节省煤油，熄灯号吹响后，连马灯也熄了。地窝子里通风不好，人待在里面觉得憋闷，人虽然躺下了，但死活睡不着，彼此听着对方粗重的呼吸声。魏远征靠边睡，与他相邻的是他的同乡兼战友张锐强。两人在北京的守备旅时结下了深厚的友情。临退役时，张锐强本想回山东老家，并且老家已经给他联系好了工作，他鼓动魏远征一起回去。魏远征却毅然地说了自己的决定。张锐强被他的决定感染，再加上不想和他分开，更改了自己的决定，和他一起报名来到新疆。此刻，魏远征心里不免有些愧疚，他知道边疆苦，但没想到会钻地洞，要像老鼠一样过活。他一扭头，凑在张锐强的耳边小声说，兄弟，真是委屈你啦，可不要想不通。张锐强低声笑了起来，这没啥，来新疆是我自己的决定，听班长说了，这地窝子没什么不好，冬暖夏凉。他的乐观精神让魏远征多少有些心安，两人低声说了一些在北京守备旅的趣事，终于睡了过去。

到兵二连的新人总共有一百多人,他和张锐强分在了一排。在动员会上,连里的指导员慷慨激昂地讲了他们驻守的意义与使命。他们听得不免热血沸腾。接连几天,他们的任务就是挖地窝子,连长说还有新人来,并且是女兵。女兵那两个字,如一盏明亮,照亮了每一位战士的心房,他们猜测着女兵的相貌与数量。那天黄昏,一辆解放牌汽车扬起漫天的尘埃停在连部的地窝子旁,全连的战士都列队迎接。不过从汽车上下来了五个女兵,仅仅有五个,并且每个人脸上都布满着厚厚的灰尘,几乎看不清样貌。女兵们下车后,洗漱完再次站在战士们面前时,其中一个女兵面对战士们的注视,显得一点都不拘谨,黑白分明的眼睛充满着无言的喜悦。在连长的示意下,她给战士们敬了一个军礼,并且脆生生地说,我叫刘爱珍,请同志们多帮助。她说完,圆圆的眼睛弯成两枚月牙。魏远征盯着那两枚月牙,心里浮起一种莫名的悸动。

魏远征不知不觉睡了过去。等他猛然惊醒,太阳居高临下地注视着他。此刻的阳光仍然凶猛,放射着毒汁般的白光。他感觉到了阳光的挑衅,他并没有错过自己的目光,而是与阳光保持对峙。很快,他感到一阵疼痛与眩晕,混浊的泪水在眼里微微闪烁。但他继续倔强地与太阳对视。很快,他被灼伤的眼睛就适应了那炎炎烈日,并且那毒辣的日头在他挑战似的目光面前徒增出灰暗的色调。那灰暗的光盘遮盖住所有的热力,并飞速旋转着,颤抖着,很快就消失了。但当白色的光盘重新暴现的一瞬,一轮灰暗的光盘又诞生了,继续旋转着,颤抖着……

魏远征终于发出了一声冷笑,那是对太阳的轻视,他站了起来,望着此刻平静的草原。草原抹上一层薄薄的白雾，使一切看上去既朦胧而又清晰。他看了一下腕上的上海牌手表，他差不多睡了半个多小时，一种喷薄的力量在他体内涌动着。哈罗望着他，耳朵支棱了一下，发出一声轻叫。他手中的羊鞭响起。头羊抬起了头，温和而沉着的目光在泛灰的草原上一闪。羊群也抬起了头，柔软而胆怯的目光同样一闪。他再次挥动了羊鞭，打得空气发出一声爆响。哈罗激动起来，腾起四爪向着天空发出声声吼叫。头羊放弃了吃草，像一朵白色的浪花向他涌来，羊群低头望着嘴边那些鲜美的青草，虽然不舍，但还是听从着号令，如朵朵浪花般向他涌来。

时辰一到，不用他再次号令，头羊带着羊群开始了下午的巡视，还是七公里的路程，还是不变的行程。最忙碌的还是哈罗，它一会儿在队伍的最前头，充当着向导，当羊群按着既定的路线走得沉稳，它又来到羊群队伍的中间，站在边境线边发出异常凶狠的叫声，那是一种提前的警告，警告羊群不要越雷池一步。最后，它又跑到队伍的最后，在魏远征的腿上蹭一下，摇着欢快的尾巴，就像给他解闷。

用了近一个时辰，魏远征带着他的羊群完成了下午的巡逻，走完最后的里程时，头羊入定般地站着，目光如水，陷入了沉思。羊群便也站着，既不向前，也不退后。哈罗扭头望着魏远征，等待着什么。魏远征站在边境线上，望着刚才走过来的路，路在目光的极处继续蔓延，更像一条苦痛的疤痕在风中微微扭动。

魏远征的鞭声响起，哈罗瞬间开始吼叫。头羊的沉思被打断了，它带领着羊群走向了归途。回去的路程显得随意而从容，羊群弥漫在草原深处，静静地吃草，又静静地前行。日头渐渐偏西，头羊吃饱了，别的羊便也吃饱了，头羊的步伐变得坚定起来，不到半个时辰，便领着羊群走出了草原。路过连队时，头羊没有任何反应，羊群也没有任何反应，继续慢吞吞地向前。纵使哈罗也没有作任何停留。唯一迟疑的还是魏远征，他站住，远远地望着连队的轮廓，身体像被什么击中了似的。他有一种想过去看看的冲动。好在他很快又压抑住了。但羊群已经把他落下足有五十米远。他不由得加快了步伐，向羊群赶去。羊群回到住所，不过才晚上七点。五月的天已经变长了，离太阳落山起码还有两个钟头。羊圈很大，围墙用土坯垒成，一米八高，顶上还铺有碎玻璃碴，最多时能圈下连队五六百只羊，而现在不过有近百只。羊群喜欢拥在一起，集体缩在羊圈的西北角，看上去，显得羊圈更空。紧挨着羊圈的是两间土坯房，房门右边是一处一米高的矮舍，那是哈罗的住所。

羊群进了羊圈，魏远征把圈门拴好，蹲在屋前开始抽莫合烟。他一连抽了两根莫合烟，才回屋做饭。魏远征吃过晚饭，又蹲在屋前抽了两根莫合烟，夕阳完全落山，天地一片昏暗。

魏远征在昏暗中围着羊圈走动，哈罗无声地尾随着他。空气变得湿重起来，那是草原深处的雾气弥漫过来。他慢慢地走，仔细听着四处的声音，但他几乎什么也没有听到，除了他和哈罗的喘息声，整个世界吞噬掉一切声音。天完全黑下来。他继续在黑暗中行走。魏远征回到屋前，身上出了一层细汗，他用手重重抚摸了一把哈罗的脑袋，哈罗发出轻腻的哼哼声。他打开门，进了屋，躺在床上，突然觉得四处静得可怕，他起来拿起老田送给他的收音机，打开，里面蹿出的声音吓了他一跳。好一会儿，他才适应里面的声音，声音虽然清晰，但也夹杂着一种"吱吱"的电流声，又显得遥远。他静静地听，就像隔着什么。虽然隔着什么，但总比没有声音要强。他听了差不多一个小时，心里还是被什么给充满了。他关掉开关，四处的寂静顺着他的脚趾一点点往上爬，沾满着夜色清凉的气息。他重重地吐出一口气，意识到一天就这样过去了，他一个人的一天，可他真的觉得这一天与过去相比并没有什么不同。

4

　　时间一天天流逝，对魏远征来说，日子却变得沉重起来。从那天早晨算起，整整一个月过去了，他感到自己就像背负着什么似的。其实，那是孤独。魏远征觉得奇怪，自从他放牧着连队的羊群以后，他基本上都是一个人独来独往，并没有觉得有什么难过的。就像是一个人寂寞惯了，也就不觉得什么了。可眼下，那种寂寞变得越发坚实起来，就像要把他压垮似的。当然，过去说是寂寞，但每天里总是能碰见连队的人，他们要么打声招呼，要么不打，但他们一张张朴实的脸径直闯进他的眼帘，他们身上种种丰富而又复杂的气息往他鼻孔里钻，还有他们各自独特的性情与脾气在他心里起着一种微妙的动荡。再加上还要开会，连队的礼堂起码能容纳三百人，每次开会，里面都坐得满满当当。他总是喜欢窝在一个相对偏僻的角落。但他每回都被人从孤寂中揪出来。这个连队的人会上去拍打他的肩膀，那个连队的人会向他讨要莫合烟。当然，还有连队的妇女，她们身上散发出一种雪花膏的香气。那种香气总让他的内心变得更加迟钝，也更加敏感,他总是想起一些久远的事情。连队的妇女一边打着毛衣,一边对着他哧哧地笑。那笑声里有一种嘲弄,还有一种亲切。他总是感到不自在。但他的不自在却让她们更来劲,一位妇女径直走到他跟前,亲昵地打他一拳说,老魏,你这样可不是办法,总得有一个人给你暖被窝才是啊。你还记得不,十几年前我可是想给你暖被窝的呀,但没想到你是一块木头。魏远征的脸一下子涨得通红,他当然知道那位妇女说得没错,但那时的他内心被刘爱珍塞得满满当当,任何人都落不下脚。妇女经过岁月的磨炼,已经变得越发爽朗与大气,半真半假地说,现在想明白了没,需不需要我帮你寻摸一个,放心,委屈不了你,委屈也是委屈人家女子。魏远征不好应承什么,只好嘿嘿地笑。旁边的人也跟着起哄,说,老魏,咱们连除了一个傻子没有老婆,现在就剩下你啦,难道你想也当个傻子。魏远征只好像傻子般地傻笑。随着主席台上喇叭的响起,大家才放弃了继续和魏远征开玩笑,整个会场一下子显得鸦雀无声。

　　纵使魏远征一个人待在羊圈里,也不是完全孤独一人,有时连长又过来看看羊群,也顺便看看他,聊几句。来得最多的是老田。作为和他同一年来到兵二连的老兵,老田和他最说得着。老田其实话也不多,两人在一起时,说话也是有一搭没一搭的。但他们两人都喜欢玩本地的一种"狼吃羊"的游戏,在地上画个方格,摆了石子和土块疙瘩就能下。狼一只,羊六只,不是狼吃掉了全部的羊,就是羊围死了狼。两人下得乐此不疲,没几天,老田便来找魏远征下一次,时间一长,魏远征也有了瘾,每次都暗暗期待老田来找他下棋。

　　但现在的连队变得空空荡荡,连队的人都走了,并且带走了他们的声音、气息甚至往事，只留下虚空般的记忆与孤独。当他们真的走了，他才发现连队对他的重要性，虽然过去，他和连队保持着一里的距离，但连队随时都在那儿，连队和连队的人就像一个堡垒，不时射出坚实与细密的子弹，把笼罩着他的孤独彻底消灭。连队更像是一个温暖的庇护所，只要他需要，随时可以温暖他的心灵与肌体。然而现在，连队的人都走了，孤独变得越发实在与具体，如同一个巨魔，随时可以把他彻底吞没。

一个月后的一天清晨，他像往常一样赶着羊群经过连队时，目光不由自主地被吸引了过去。他眼前一花，恍若看见一个人从连队里走了出来。他差点发出一声惊呼。他再定睛一看，眼前空空如也，如同空空荡荡的连队。无动于衷的是哈罗和羊群，已经落下他足有二十米远。他不免发出一声苦笑，与它们相比，他确实显得更加脆弱。天是晴天，万里无云，到了下午，整个草原如同一个巨大的蒸笼，他面红耳赤，头脑发昏，更恼人的是那些蚊虫，黑压压一片，笼罩在头顶，随时侵袭而下，接着又盘旋而起。其实这和往年六月的草原并没有什么不同，十八年过去了，这些酷热，他早已熟识，更早已习惯，还有那些蚊虫，经过多年的忍耐，他的皮肉早就形成了一层薄薄的茧，虽然小小的痛痒仍然存在，但不会红肿，更不会发炎、溃烂。

这微妙的变化让他自己都觉得奇怪，一定是哪个地方出了问题。他把脑袋深深埋进已经完全泛绿的青草间，感受着从草根深处甚至泥土深处散发出的一点清凉。他的视线从一根青草的根部穿梭到另一根青草的根部，他第一次注意到草的根部灰中带着一点奇异的褐色，一只虫子贴在一根青草的根部，一动不动，如同草根处长着一个奇怪的瘤子，他对着虫子重重哈出一口气，虫子贴得更加紧密，还是不动。当他伸手触摸到它灰色的甲壳，它如同惊醒般，快速爬动，消失在青草的根部。

他抬起头来，头羊在不远处静静地吃草，散布开来的羊群也在静静地吃草，羊群的咀嚼声缓慢而又清晰，他再一次感觉到它们的不以为意。纵使哈罗也是一副安适的神态，那袭扰它的蚊虫成了一种游戏，它跳跃着张开大嘴，龇着炫目的白牙，那群蚊虫瞬间抬高了一尺，在它跳跃的高度之上发出挑衅。唯一觉得憋闷与压抑的仅仅还是他，他意识到自己的心浮气躁，他猛地站起，大口喘息着。

他手里的鞭子再度响起，头羊带领着羊群回归到那条小道上，开始了一天的第二次巡视，小道延伸着，在远处浮动着白光，更像是一条奇怪的河，一些东西在向他慢慢靠近，如岁月深处传递过来的气息，他有了片刻的惶惑，接着便是说不清的慰藉。终于，他慢慢平静下来。

第二次巡视结束时，还是往常那个时辰，头羊站着不动，羊群也不动，随着他的鞭声再度响起，羊群开始了返程。羊群还是以往的节奏，显得漫不经心，在草原深处随意穿梭，自由吃草。身后的那条小道越来越远，最终隐伏在青草的深处，而那种说不清的烦闷与焦躁又慢慢袭来，最终如一块狗皮膏药般黏附在他身体的某个部位。魏远征弄不明白，那种说不清的情绪让他都有点瞧不起自己，他就像在跟自己赌气，加快着脚下的步伐，把羊群一下子甩在了身后。哈罗的目光里有了惶惑，凭着直觉它觉察出了魏远征的异常，它奔跑过来，站在魏远征的面前摇晃着尾巴。哈罗眼里的困惑让他更觉得烦躁，他沉着脸继续向前走。哈罗愣愣地望着魏远征的背影,向羊群跑去,它向头羊发出低低的咆哮。头羊抬起头望着哈罗,沉着的目光里也有了一丝困惑。这并不是往常时间的节奏,但头羊放弃了吃草,跟随着魏远征的背影前行。羊群便也放弃了吃草,跟上了头羊的步伐。不知不觉间,魏远征带着羊群从草原里出来时,竟然比平时早了近半个时辰。草原里那种潮湿的热气一下子远了,身边的空气变得干爽起来,他内心的焦躁也得到了一些缓解,他长长地出了一口气。路过连队时,他努力不向那边看去,好像连队从来就不存在似的,但他突然心慌得厉害,就像有一种无形的东西在攥着他不放。当他走回住所,把羊群关进羊圈,那种无形的东西变得越发强大,如波涛般涌动。他凝固着双腿,拼命抗拒着什么。但他的抗拒,彻底激怒了它,它卷起阵阵骇浪,像要把他彻底吞没。他拗不过了,终于向连队的方向走去。

奇怪的是,离连队越近,他脚下的步伐越快,好像他的脚由别人操控,更好像他要是晚一点到达,连队就会突然消失不见。他第一次为这种担忧感到羞耻。但他一边羞耻着,一边放任着脚下的步伐。等他走到连部,不由得心里松了口气。连部由一排带着苏式回廊的平房构成。平房中间的屋顶上,裸露着一个三角形的木架。但木架子上空空如也。他这才意识到那是过去架喇叭的地方。喇叭真是一个神奇的东西,能把声音传得很高,更能传得很远。过去,他没有细想过,此刻,他觉出了它的神奇。他望着屋顶的木架子,在记忆中回想着喇叭的样子,以及它发出声音时的轰鸣,他甚至想起来喇叭里"嗞嗞"的电流声。 连部中间的办公室是连长的,此刻门虚掩着,一条小拇指宽的缝隙引起了他的注意,他记得过去来连长的办公室时,门上并没有那条裂缝，不过也说不准。他迟疑了半天，还是无法清晰地判断门上的裂缝是原来就有的，还是新裂开的。推开吱呀作响的木门，里面空空如也，坚硬的泥地上是一层厚厚的灰尘，屋外突然起风了，风顺着窗户挤进来，卷起了阵阵烟尘。魏远征眯缝着眼睛，在腾腾灰尘中拼凑着过去的图景，靠近门口的应该是一个火炉，火炉的正前方是一张木纹色的办公桌，办公桌的后面是一把橙黄色的椅子，办公桌的对面放着一个长条椅，也是橙黄色的，来连队办公室的人都坐在长条椅上和连长说话。长条椅一般能容纳三个人，最多四个，但有时也可五个。他奇怪了，弄不清过去来连长办公室时那随便的一眼，此刻就能反馈过来如此准确而清晰的信息。连长喜欢眯着眼和人说话，连长更喜欢拍桌子，无论什么事，只要他恼了，都会把桌子拍得震天响。当然，他得承认，连长是刀子嘴豆腐心，更是风声大，雨点小。灰蒙蒙的空气中有一声音若有若无：老魏，地方给你留着，你待不下去了，随时可以回来。声音是短促的，也是烦躁的，但也透出一种温情。这种温情在他想起的瞬间几乎让他承受不住，他的眼睛潮湿了。他听到阵阵咳嗽声，从尘埃深处推送过来，那是连长的咳嗽，带着一股子莫合烟的味道。他的嗓子也开始发痒，忍不住发出了阵阵咳嗽。老魏，他听到有人喊他，声音里充满着无奈与痛惜。他受不了了，从连长办公室里出来。他把办公室的门死死带上。

他又推开了副连长的办公室。副连长比他晚三年分到兵二连，也是退伍军人，但比他大三岁。副连长的媳妇也是湘妹子，叫张玉琴，和刘爱珍是一个镇上的。当初副连长追张玉琴可是费了老鼻子劲，原因出在他魏远征身上。自从刘爱珍牺牲后，他整个人都虚空了。那虚空的东西带给他一种漠然，一种冷酷，同时也带给他一种坚毅。正是他失魂落魄的状态，唤起了张玉琴对他一种格外的怜惜。当然，那时的魏远征还有着一张英气逼人的面孔。张玉琴一次次主动接近他，给他送老家寄来的稀罕腊肉，给他洗衣服，和他聊天，但他无动于衷。张玉琴向他彻底表白的那晚他还记得，那是初春的夜晚，当他从羊圈里出来时，正看见张玉琴端着一缸子红烧肉还有几个馒头，红烧肉的香气在迷离的夜色里丝丝缕缕地飘荡，显得格外诱人。今天连队杀猪，这是你的那份，还有我的。张玉琴的声音在夜色里软软的，滑滑的，如同南方的丝绸。魏远征不说话，蹲在羊圈边卷起了莫合烟。自从刘爱珍走后，他学会了吸烟，并且烟瘾很大。先吃了再抽。张玉琴也蹲了下来。但他还是点燃了莫合烟。莫合烟在夜色里一红一暗，映衬着他的脸也一红一暗。张玉琴叹息了一声说，爱珍走了三年了，你该放下了。魏远征不说话，只是低头抽莫合烟。莫合烟浓烈而辛辣的烟雾如一道墙，阻隔着什么。张玉琴忍不住发出阵阵咳嗽。魏远征迟疑了一下，还是重重吸了一口。张玉琴从他的手里夺下莫合烟，扔到了夜色里。魏远征的身体哆嗦了一下，他抬头望着远方，远方是开阔的草原，足以把整个夜空容下。我喜欢你，我想嫁给你。张玉琴的声音突然高了八度，显得决绝，更像是在跟谁赌气。魏远征不说话，只是望着远方的草原。远方的草原充满着一种神秘的气息，凉凉的，并向他的身体沁润过来，他整个人都被一种莫名的冰凉包裹，无法思想，更无法言语。当月亮高高地悬起，他才像被解冻似的从一场大梦中苏醒过来。四处静悄悄的，能听到昆虫的鸣叫，甚至能听到自己的心跳，但他身边已经没有了张玉琴的身影，他低下头，装着红烧肉的缸子放在地上，在皎洁的月光下，白色缸子上"为人民服务"变成了暗黑色。三个馒头滚落在罐子边的尘土中。他拿起一个，拍拍上面的灰尘，轻轻咬了一口。

自从那个夜晚之后，张玉琴不再主动亲近他，纵使在连队遇见了，张玉琴也不主动说话，但她的目光像一只受伤的小兽。两年后，当他听说副连长和张玉琴结婚时，心里一下子说不清是什么滋味。张玉琴结婚后也无法彻底释怀，看待魏远征的眼神里总流露着一种伤感、一种幽怨。她的这种心结让副连长对魏远征耿耿于怀。副连长管牧业，对待他的工作总是能挑出种种不是来。魏远征从不和副连长顶撞，只是默默承受。他不说，并不等于别人不说。别人看出副连长在有意收拾魏远征，一面对他的遭遇表示同情，另一面又当闲话说给别人听。最终便传到张玉琴耳朵里。张玉琴不依不饶，在家里和副连长干仗，晚上更是不让他上炕。副连长只好屈服，并给张玉琴写了保证书。果然，在以后的日子中，他对待魏远征收敛了许多，但目光深处是更阴冷的光。当副连长听说魏远征一个人留在草原，终于憋不住，跑到羊圈问他到底是怎么想的，一个人留在草原，那不是开玩笑嘛，光是寂寞就能把人生吞活剥掉。魏远征没有言语，他觉得和副连长说不着，便什么也不说。他不说，副连长的心里更难受，他对魏远征说，老魏，我对你有成见，其实是我的不对，就凭你能留在草原，就是一条铁打的汉子。魏远征抬起头，正望见副连长的目光，副连长的目光热情而真诚，阴冷的东西如一条蛇般消失不见。副连长一家离开草原的前一晚，张玉琴敲开了魏远征的门，张玉琴是推着连里的拉拉车来的，她给他带来了整整两大坛子咸菜，还有做好的两套棉衣、棉裤。张玉琴不让他帮忙，一个人归置好所有的东西。张玉琴弄好后，坐在马灯下喘了口气，魏远征张张嘴，想说什么，但望着张玉琴那张被岁月侵蚀的面孔，所有的语言最终又归于沉默。咋想？张玉琴悠悠地问。我不想让爱珍他们牺牲得毫无意义。魏远征脱口而出，胸脯起伏着。张玉琴愣了一下，那张苍白的脸也涨得通红。两人又都不说话，只是在昏暗的灯光下静静地坐着。坐了差不多半小时，张玉琴说，我走了。魏远征"噢"了一声，像是从另一场梦中醒来。张玉琴从门里出来，泪水瞬间便打湿了她的脸庞。

此刻，魏远征望着副连长空荡荡的办公室，一种说不清的东西从心底浮现出来。他突然对副连长有了歉疚之情。

5

整个连队是以连部为中心扩散开来的，向东，向南，向西，向北，每排房子住上四五家不等，过去每户人家都没有院子，房屋也不上锁，每家做的啥，彼此都能瞅见，串门更是方便，一抬脚就到，一排房子的每家每户都保持着透明与敞亮，纵使夫妻吵架，也不避着，该说啥说啥，该骂啥骂啥，激烈的时候免不了要拉扯，要动手。别的人家一般都挂着傻乎乎的表情看，都不去劝，其实夫妻之间吵吵架，也没什么不好，也是一种发泄，连队的活很繁重，放牧、种地、植树、拉沙……一个个就像被命运奴役的牛。但当吵架的女方抓破了男方的脸，而恼羞成怒的男方扯住了女方的头发，看的人家便纷纷把夫妻俩拉扯开，这个说，算啦，君子动口不动手。那个说，行啦，晚上还要睡一张床。动手的夫妻当然不罢休，在旁人的掺和下，怒气顿时又大了一倍，几乎把对方视为仇人，气势更盛的往往是男人，挥舞着油锤似的拳头向前猛冲猛打，但都被劝架的男人一一化解，不依不饶的往往是女人，嘴里骂得更毒，锋利的指甲漫无目的地乱抓。因此，一次劝架，不亚于平息一场战争，吃亏的往往都是来劝架的人家，男的白挨了拳打与脚踢，而女的胳膊上被抓出道道血迹。当干架的夫妻筋疲力尽了，一切才会彻底平息。劝架的人也筋疲力尽，回到家不免越想越气，开始骂娘。当然，夫妻俩干架只是小概率事件，大多数时候，整个连部都是一派和谐的景象，夏天的夜晚，每家每户都会在门口纳凉，男的凑在一起抽莫合烟，还有打纸牌，女的自然也凑在一起，手里干着针线活，相互拉着家常。而一群孩子不知疲倦地在屋前疯跑，玩着抓特务的游戏……

每家每户盖院子应该是近几年的事。他记不起到底是谁家先盖的院子。但是时代在变，人们的思想也在变。最初连队的人无疑是受到外面的启发。盖上院落无形之中延长了使用的面积，也更有私密性，确实没有什么不好。但连队第一家盖院子的人，无疑会遭到别的人家的白眼与嘲笑，毕竟他房子前的地方是大家公用的领地，你占据了，别人就不方便了，纵使倒尿桶也会多走上一二十米。但当院落盖好了，那户人家就像住在了一个隐密的城堡里似的，引起了别人的好奇与幻想。连队别的人家不免也蠢蠢欲动，不到一年的工夫，每家每户都盖起了院落，几乎都是土坯院墙，都是近两米高。那高不可及的院墙就像一道无形的壁垒砌在每个人心上，连队的人都有了一种私密，但都少了一种明亮。左邻不知道右舍吃的是什么，右舍也在猜测左邻下午那淡漠的眼神代表着什么。对连队来说，每家每户耸立起来的院墙，就像是一道分水岭，连队不再是过去的连队，连队的人多了一种生分，少了那种知根知底般的亲密无间。时代的变化催生着连队院落的诞生，而连队院落的诞生又把时代那种冷漠的气息构筑得无处不在。

此刻，魏远征望着一排排平房，心里充满着一种奇异的温馨。连队那些日常生活的场景在他眼前一件件复苏，他更惊奇的是他过去从来没有在意过这些细节，以为自己更不会记得，但当整个连队变得空空荡荡，他就像连队记忆的收集者，把它们小心归类，更是小心贮存。

顺着连部向东走不到一百米，便是老田家的院落。院落的门虚掩着，推开，院落的正中间便是一棵大榆树，春天的时候，榆树便抽出嫩绿而肥厚的榆钱来，引得别人家的孩子眼馋，更让老田家的两个男娃骄傲无比。两个男娃就像是一种炫耀，爬上大榆树的最顶端，并且远远高于院墙，当着院落外孩子的面，大把大把捋着肥厚的榆钱，吃得肆无忌惮，引得院外的孩子直吞口水，而大榆树上的两个男娃过分的炫耀无疑激怒了院外的孩子，他们捡起地上的土块袭击榆树上的两个男娃。男娃显得毫不在意，一边躲闪，一边嘲笑他们打得不准。院外的孩子越聚越多，恼怒的土块便也越来越多，树上的两个男娃挨了两土块，终于招架不住，纷纷从树上滑落，不见踪影。院外的孩子也一哄而散。老田家的婆娘是做榆钱饼的好手，每次做好榆钱饼，老田都要给魏远征送一些。魏远征每次去连队的代销店买生活用品，都会顺便拐到老田家坐坐，他把稀罕的水果糖扔给两个男娃。男娃激动得满脸通红，但他们不会说谢谢，只是把魏爹叫得格外响亮。魏远征有点烦老田家的两个男娃，他们太皮，就像两个泥猴，上蹿下跳，尘埃满身。更让魏远征恼怒的是，这两个男娃乘他不备，会跑到羊圈里把他的头羊偷赶出来，两人换着骑。连队里别的孩子也曾干过这种事，但魏远征没有废话，上去就是两鞭子，把别的孩子抽得鬼哭狼嚎，再也不敢造次。但对这两个男娃，魏远征下不去死手，虽然鞭子抽到他们身上，但还是留有分寸，远远没有达到惩戒的效果。等那两个男娃故技重施，却刚好被老田看到，老田怒不可遏，棍子打断了两根，并且告诉魏远征如果两个男娃再犯，第一时间告诉他。魏远征照例沉默不语。

他每次来老田家串门，老田都会留他喝酒。酒是连队里产的苞谷酒。菜是花生米、咸菜，间或家里有荤腥时，绝对第一时间摆上。两人喝酒时，话也不多，只是默默地喝，默默地吧嗒着一根又一根莫合烟。但一种显而易见的默契在沉默与酒中荡漾开来。

老田和他虽然同一年来到兵二连，但当初魏远征并没有分配到放牧班，他分在了养猪班。与放牧班相比，养猪班没有半点荣耀，更让他眼红的是老田和刘爱珍分在一个组放牧，当时为了巡逻边境的需要成立的十几个三人组，两男一女的配置。魏远征去找连长，说自己想去更危险的放牧班。连长虽然对他的请愿表示肯定，但口并不松，并说在边境上养猪也是一件光荣的事。魏远征接连去找了连长三趟，都被连长毫不客气地挡了回来。几个月后，魏远征等来了机会，老田的脚崴了，走不成路。连长想起了魏远征，让他暂时代替老田去放牧班，而老田暂时去养猪。魏远征不免欣喜若狂。接下来的半个月对魏远征来说，可以说是一生中最幸福的时光，他每天和刘爱珍、张锐强赶着几十只羊巡视在边境线上，斗志昂扬，眼睛里满是刘爱珍的身影与压抑不住的欢喜。眼看着老田的脚完全好了，魏远征不免惴惴不安，他怕老田申请回放牧班，便找到老田，把一套崭新的军装送给了老田。老田吓了一跳，那套军装在当时可是非常珍贵的礼物。老田颤抖着问他是怎么个意思。魏远征实话实说他想留在放牧班。老田把那套军装往旁边一推凛凛地说，一套军装想让我放弃放牧，这怎么可能。魏远征一下子急了，说，就算是我求你了。他的急切让老田体会到什么，他狡黠地一笑说，你给我说实话，或许我可以考虑考虑。魏远征的脸涨得通红，什么也说不出来。老田试探地问，你对刘爱珍有意思对吧？魏远征结结巴巴地说，反正就是想看到她。老田哈哈大笑起来，说，你以为我看不出来，每次见到人家刘爱珍，你的眼睛都直了，人家走了，你整个人就像失了魂似的。魏远征把那套军装硬塞进老田手里说，反正你得帮我。老田叹息了一声说，我当然可以帮你，但要是连长让我再去放牧班，那我得遵守命令。"好，一言为定。"魏远征也干脆利落地说道。

接下来的一段时间，魏远征每天都在忐忑，生怕连长想起他和老田来，每次远远地看见连长，他都向一边躲。但连长好像忘掉了这事似的，不再提让老田回放牧班。这种忐忑的心情一直持续了三个月，三个月后的一天傍晚，魏远征提着水桶去打水，连长正迎面过来，躲避来不及了，他只好叫了一声连长。连长笑嘻嘻地说，怎么着，不想见我。他慌了，不知道说什么才好。连长点燃一支烟，吐出一口浓重的烟雾说，怎么样？魏远征立马回答说，放牧任务让我感到无比光荣。连长拧着眉头说，我是问你和刘爱珍怎么样了？魏远征的脸色一下子惨白。连长上去就给了他一脚，气哼哼地说，你那点小心思，全写在脸上，记住，得给我拿下。连长走了，魏远征的眼前却一片透亮，他知道他在放牧班算是待下来了。

老田在养猪班一待便是八年，八年后才去管连队的后勤。但魏远征和老田的交情便牢牢地建立起来了。这么多年来，他除了给老家定时寄钱，别的钱都用来接济老田一家。老田虽然只有两个男娃，但他是家里的独子，负担很重。对于他的接济，老田很不好意思，说，你也老大不小了，多少得存些钱。但魏远征不容分说，放下钱就走。

此刻，那棵大榆树仍然显得枝繁叶茂，但不再有那两个泥猴爬上爬下，推开房门，里面空荡得让人心里发堵，他在脑海里一点点回想着过去屋里的摆设，最终地上一块石子引起了他的注意，他蹲下来，拿起石子，在泥地上画出方格，又到门外捡了一些土块，摆上，照例是狼一只，羊六只。过去每次谁当狼谁当羊都是用石头剪子布决定。他们都不想当狼。此刻，他主动当狼，就像是一种妥协，他不假思索地走了一步。他迟疑了好一会儿，才替老田走了一步。

魏远征从老田家里出来时，天已经完全暗了下来。他这才想起哈罗和他还没有吃晚饭。他往连队走时，哈罗本想跟着他，但他怕羊群出什么意外，让它守着羊圈。哈罗的眼神扩散出一丝沮丧，怅然地望着他远去的背影。他放弃了到别人家看看的念头。奇怪的是，从连队出来后，他竟然感到有点晕晕乎乎，就像连队吸走了他的魂魄。他走得脚下发软，就像踩在了棉花上。

6

在魏远征的记忆中，那年的夏天极其闷热，也极其难熬。但他的羊群并不觉得什么。五月底，魏远征便彻底完成了给羊群剪羊毛的工作。当酷热来临之时，一只只羊已经换下厚重的棉衣，裸露着粉红色的皮肤，对他发出格外欢快与感激的咩叫。它们算是得到了解放。为了对付那年夏天的酷热与坚实的孤独，他也要给自己解放。解放最好的方式就是一次次走进连队。从走进连队一个星期后，他就作了盘算，每天去连队拜访两户人家。当他做出这个决定，整个人都无端地激动起来，内心也被什么装得满满当当，就连遮天蔽日的孤独也一下子消失得无影无踪。

每天清晨，当他赶着羊群踏上不变的征程，他就确定了要拜访的人家。在一天巡视的路途中，他就在脑海里寻找着和那两户人家交往的信息。他们是什么时候到的兵二连，婆娘是谁，哪里人，脾气如何，有什么嗜好，孩子几个，在十几年间，他和他们打过何种交道，产生过何种纠葛，或者说和连队的人产生过什么矛盾，连队别的人对他们又是何种看法……那一天巡视的路途，成了对那两户人家追忆的过程。他不放过任何蛛丝马迹，由于他长期放牧，和他们打交道的机会有限，在追忆的过程中，他们的信息只是一个个光点，但他经过判断、分析，努力在想象中把那一个个光点连成线，再由线连成面。那一天的巡视对他来说，显得格外忙碌，也格外紧张，他的脑海就像一台不停运转的机器。但他喜欢这种忙碌，这种紧张，他从密不透风般的寻找中体会到一种活力与生气。过去到了晌午，吃过午饭，他会躺在草丛中眯上半个多小时，但现在躺下后，无论如何也睡不着，脑子像发烧般陷入狂想与猜测。他起来后，并不觉得疲惫，一丝一毫都没有。只是完成一天的巡视后，当羊群在返程的途中重新没入草原深处时，他的心情变得焦灼起来，就像有什么在催促着他，他手里的鞭子再度提前响起。那突兀的响声，让头羊有了迟疑，它扭过头来困惑地望着他，嘴角仍然挂着一点绿色。羊群同样也望着他，嘴角也挂着绿色。他狠了狠心，再次挥响了鞭子。羊群得到了返程的号令，从散漫步入紧张，加快了走出草原的步伐。看到羊群从草原上出来，他心里有了一丝愧疚，觉得羊群还没有完全吃饱。路过连队时，羊群无动于衷，哈罗无动于衷，他也装作无动于衷，绝不看一眼，让连队硬生生地从他的眼角擦过。当然，他一天的巡视又比平时早了半个时辰。把羊群关进羊圈，他并没有像平时一样，坐下来静静抽上两支莫合烟，而是给自己和哈罗准备晚饭。晚饭做得急，柴火在灶膛里塞得太多，反而弄得满屋子烟。魏远征一边咳嗽，一边继续捅着灶膛，火旺了起来，烟也散了许多，锅终于开了。魏远征做的面条，里面放了几片肉片，还有菜叶。他首先给哈罗弄了半锅，又拿出一只海碗来，给自己满满装了一碗。哈罗并没有埋头就吃，它嗅着面条里的香气，等待着滚烫的面条慢慢变凉。迫不及待的是魏远征，他端着海碗，吃得狼吞虎咽。哈罗望着他，耳朵支棱了一下，接着又是一下。魏远征吃完饭后，哈罗才开始进食。

魏远征洗了把脸，脚都迈出房门了，又退了回来，他重新换了一套衣服，觉得这样才显得庄重，显得正式。他出来后，哈罗放弃进食，跟上了他。他转身给哈罗下达了继续坚守的命令。哈罗听懂了，轻轻哼哼着,眼神里有了一丝委屈。

魏远征穿上干净的衣服,走在去连队的土路上,心里充满着一种奇异的兴奋与激动,就像是去看望许久未见的好友。其实确定好的那两户人家和他并没有太多的交集,虽然这么多年过去了。到了其中的一户,他咳嗽了一声,就像是给那户人家打招呼。那户人家的院门照例虚掩着。他重重地敲了一下,他依稀听到里面有人在问是谁。他大声回答说是我,魏远征。脚步声又隐隐传来,院门吱呀一声开了,那其实是他推开的。他站在院落里一点点看,看院子里留下的泥桌,想象着夏天时他们一家人围着吃饭的场景,院角放着半个铁锹把子,他想象着这是在哪次干活时弄断了,他拿起来仔细判断着,从断的位置与裂痕,他猜测这更像是在浇水时弄断的,毕竟浇水时,要眼疾手快,免不了吃力过猛。但是给连队的哪块地浇水时弄断的呢?他一下子又吃不准了。突然,他脑子一亮,应该是五号地,绝对是五号地,那块地最难浇,是地里有名的刺头,那块地折断的不仅仅是这把铁锹。他围着院子转了一圈,接着又是一圈,他的鼻子在拼命地嗅,想嗅出这户人家独特的气息。其实,每户人家的气息都不一样,带着他们家庭成员身上特有的性情、脾气,过去的籍贯,还有身体的状况……这些又组合成一个独立的整体,就像是一个家庭的族徽。但院落里由于长时间的闲置,只有厚重的空气铺了一层又一层,他几乎什么也没有得到。

他推开这户人家的屋门。屋子里外两间,外间靠近屋门的墙边立着一个缺了一角的咸菜罐,外间的正中间倒放着一只三条腿的木凳,走进里间,几乎空空荡荡,但经过仔细察看,他发现地面上有一面碎了的小圆镜,他拿起镜子,抹去上面的灰尘,手指一阵刺痛,他望着那根疼痛的手指,一滴血涌了出来,接着是第二滴血,他把那根手指塞进嘴里吮吸着,透过鲜血特有的味道,他尝到了一股土腥气,那是灰尘的味道。他小心翼翼地斜举起小圆镜,道道碎片仍然组合成一个完整的圆形,他仍然看到一个完整的自己。里面两间加起来不到三十平方米,在逼仄的空间里,再加上窗户狭小,里面显得昏暗。但正由于空气流动不畅,他嗅到了这户人家仍然保留的气息,那种气息散发着一种说不清的味道,既像是面团过度发酵的味道,又像是白菜叶糜烂的味道,但无论如何,他终于找到了这户人家独特的气息。

　　凭着院落,凭着半封闭的房屋,更凭着这户人家残存而真实的气息,他发觉整个白天对这户人家的想象与猜测还是出现了不小的偏差。比如那次和老刘的相遇(这户人家的户主姓刘),那应该是黄昏时分,而不是夜晚,老刘殷勤地给他打招呼,他以为自己也表示了回应,但其实不是,他几乎什么也没说就过去了。他不知道自己的那次淡漠会给老刘心里造成多大的阴影,最起码会觉得他是孤僻的。他之所以记得夜晚不过是一种托词,好替自己辩解,他没看清,但真不是那样。他注意到里面的墙面上有一道裂痕,形成了闪电的形态,他的思绪就像被闪电击中了似的,开始向另一个方向延伸,他从里屋走到外间,又从外间走到院落,然后再走进房间,他每一个穿梭,总会发现一点沉睡的记忆,总会对这户人家的往事进行必要的修改。从这户人家的院落里出来后,已是两个小时以后,这两个小时里,他几乎完全复苏了对这户人家的记忆。它们鲜活而生动,真实而具体,如一幅幅画面贮存在他脑海深处。

外面起风了，风鼓动着他的头发与衣服，更像是吹拂着他苏醒过来的记忆，他闭上眼，把关于这户人家所有的一切又仔细回想了一遍，再也没有什么遗漏的了，他长长出了一口气。他站在风里，让风继续吹动他，吹去他身上沾有的关于这户人家的气息，让自己处于完全清新的状态。他站在风中足足十分钟之久，才向旁边的那户人家走去。像刚才拜访的那户人家一样，他站在这户人家的院落外，重新整理了一下衣服，把系紧的风纪扣解开，又重新扣紧，还象征性地拍打了一下衣服和裤子，就像拍打掉新鲜的灰尘。他照例发出了一声响亮的咳嗽声，照例给第二户人家报上自己的姓名。新的拜访在他隆重的对待中重新开始了。

兵二连总共有四百多人口，一百零八户。他接连去了三个夜晚，便对自己的计划重新做出了更改，他决定一个晚上只拜访一户人家，这样方便他对那户人家进行归纳与整理，免得相互混淆。他发现记忆其实是最不可靠的东西。比如说他去的第二个夜晚，对那两户人家的状况进行了细致的梳理与归纳，可临睡觉，当他再次在脑海里过一遍时，他竟然又搞混了，把第一户人家发出的一次重大纠纷安在了第二户人家身上。他吓了一跳，只好再在脑海里细细地过一遍，才恍然大悟，他之所以搞错，是在同一个时间，两户人家都有事情发生，不过一件大，一件小，再加上两件他都不是亲历者，只是在开会时，听到旁人闲聊时提及，但两户人家的脾气是不一样的，第一户人家怎么会为了自家的地先浇上水而首先拿铁锹拍人呢。当然，第一户人家的大儿子性格比较暴躁，是有这种可能性，但不是那户人家的主体性格，更不是那户人家行为的主导者，可正是那户人家大儿子比较突兀的性格，才让他的记忆产生了混乱。但如果不是在同一个时间去拜访那两户人家，又怎么能记错。并且一天去拜访两户人家让他显得格外忙碌，几天还行，他从密不透气般的思绪里体会到一种忘我般的投入，但长此以往，他必将手忙脚乱，顾此失彼。他虽然从拜访与追溯连队的人家中感到一种莫大的乐趣，体会到一种崭新的寄托与充实，但那些人家是有限的，他实在舍不得将那些人家消耗殆尽，毕竟他一个人的日子还长，当连队的人家拜访完，他将怎样度过漫长的白天与黑夜？

　　从第四天开始，他又恢复到以往的节奏。当然，整个白天他对即将要拜访的那户人家进行必要的"预习"，对那户人家的每一个人在记忆里开始了打捞与描摹。由于他不再急切，一切都显得从容起来。晌午过后，他躺在草丛里熟睡半个多小时，或者更久。他醒来后，觉得神清气爽，关于即将拜访的那户人家的相关信息与往事，就像打开了水龙头似的，一股股自动流出来，让他完全起到了事半功倍的效果。当一天两次走在边境线的小道上，他的思绪完全处于半停滞状态，那是关于别的记忆与往事涌了上来，他不再管束，甚至信马由缰，他在天马行空般的虚幻中，感受到一种洒脱的自由，让他的心情更是轻松如羽。每次踏上归途时，没在草原深处的羊群总会不时抬起头颅观察着什么，那是在聆听他突兀的鞭声，接连三天，他突兀的鞭响让羊群显得手足无措。望着并不安心吃草的羊群，他心里再次有了歉疚，羊群是他的生存之本，更是他最忠实的士兵，他怎么能如此忍心让它们吃不饱呢。羊群没有等来他的鞭响，便又埋头继续吃草。等羊群吃好了草，再次仰起头期待着什么时，他手里的鞭子发出了一声沉闷的空响。羊群走出草原时，一个个神态安详而知足。它们深情地望着魏远征，发出了一声又一声咩叫。

魏远征按照既定的时间把羊群赶进羊圈，然后静静地吸上一支莫合烟，接着开始从容不迫地做饭。每次的晚饭虽然简单，但从来都是满满一锅。他吃饱了，哈罗同样也吃饱了。吃完饭，准备好第二天中午的饭食，便坐下来又点上一支莫合烟，那辛辣的莫合烟进入他的肺腑，抚慰出的却是莫名的舒畅与通达。抽完莫合烟，他开始换衣。其实，他夏天的衣服总共才三套，但对即将拜访的人家他一律采用很庄重的态度，今晚穿上的这套衣服其实是前天才穿过的，他想了想，从箱子里拿出一个铁盒，打开铁盒，把一枚奖章别在上衣的口袋处，那是他十六年前荣获的第一枚奖章，他视若珍宝，他觉得戴上这枚奖章足够显出他对即将拜访的那户人家的尊重。并且他的思绪也活跃起来，那个铁盒里的奖章有七八枚，他决定每次戴上不一样的奖章去轮流拜访连队的人家，这应该算得上是最珍贵的礼节。

整个夏天，魏远征有条不紊地去拜访连队的每一户人家。他通过每家留下的蛛丝马迹捕捉到那户人家那独有的气息，并在记忆深处定格着每户人家的发展轨迹，甚至命运轨迹，他像一个考古学家般，透过遗留的一块砖、半张床、碎了的瓷碗、裂开的墙面恢复着可能发生的故事，他把每家每户的往事、纠葛、婚丧嫁娶分门别类，一一归纳，他看到了每家每户的喜怒哀乐与散发着烟火气的日常生活，并且细心甄别着关于每家每户的传奇与谣言……所有这些，让他感到一种前所未有的惊喜与满足，就像他重新发现了生命本身。他最后拜访的那户人家是连队的统计。统计一家却带给了他重大的收获。他在统计家的厨房里发现了半麻袋账册，不用说，这是统计一家准备用来引火的，但由于走得匆忙，便遗留于此。他把统计一家的记忆梳理完毕，便背着那半麻袋账册，回到了自己的住处。回到住处后，他就着昏黄的马灯，翻开一本本账册，那些账册以数字居多，记录着兵二连自成立以来各方面的统计情况，有人员数量，牲畜头数，开垦的亩数，植树的存活率……看得他眼花缭乱，理不出一个清晰的头绪来。但也正因为理不清，他更觉得这些账册的重要性。他把一个装衣物的大箱子腾空，把几十本发黄的账册整整齐齐地摆放在里面。临睡觉前，他又望了一眼那个大箱子，不由得会心地笑了，就像里面埋藏着宝藏。

7

夏天将尽的时候，他完成了对连队所有人家的拜访，他感到怅然，但这种怅然很快被一种紧迫感湮没，那就是割草。夏初的时候，他就大致确定了割草的地点。那几处地点并不在草原的深处，相对而言，离他的住所较近。但那几处草地明显比别处长得丰茂，尤其在夏初开出紫色的花朵。他的羊群在行进的途中，一次次嗅到了那些青草独有的芬芳与肥美，不自自主地向那边而去。但在他的授意下，都被哈罗制止住了。哈罗制止的方式简单而粗暴，先是龇着炫目的白牙对着越过雷池的羊群一阵咆哮，然后奔跑过去死咬住它们单薄而纤细的后腿。羊群哆嗦着向后退去，而它继续狂吠不止，直到所有的羊群都远离了警戒线才算罢休。羊群的记忆力显得模糊不清，其实也不是，那些丰茂而多汁的草对它们有着致命的诱惑力。但架不住哈罗一次次翻脸无情的撕咬。经过几次交锋,羊群完全败下阵了。当那些丰茂的草从嫩绿转为深绿,散发出更浓烈的芬芳时,它们的眼神显得恍惚,就像那边是一场虚幻。

割草的镰刀很长,足有一米,这种镰刀得掌握好技巧,生手操作不好容易割伤自己。七八年前,当他在草原上割草,连队一个青年小伙瞅着有趣,也想尝试一下。他不允,但经不住软磨硬泡,就让他试手。小伙割了没几下,手上打滑,失了劲道,锋利的镰刀正好甩在小腿上,当场血流如注。此后,他的镰刀再没让任何生手沾过。

早上再出行的时候,他手里除了羊鞭,便多了一把长镰,没入草原不久,他来到一处丰茂的草地,转身对着哈罗呵斥了一句。哈罗懂了,那是让它看好羊群。哈罗的耳朵机警地支棱了一下,算是回答,转身便向羊群跑去。

他摘掉挎包,挽起袖子,挥起镰刀向草的根部划去。他每一次挥动,腰部都要跟着转动,并且前腿微屈,后腿紧绷。由于是一天最初的劳作,他身体里贮备的力量就像一阵迅疾的风,青草顺着他挥舞的镰刀纷纷倒下。不久,青草已经倒伏下一大片,在空气中散发着浓烈的气息。他继续割草,但青草就像突然醒过来似的,尖叫着相互纠缠,相互推搡,在密集中组合成一股合力与他对抗。其实那是他迟缓的动作带来的反作用。透过挥动的镰刀,他感受着如同波涛涌动的绿色力量。他憋着劲,在一推一荡中体会着一种美妙的律动。青草在继续倒伏,但他手中的镰刀几乎吃满了力。汗水从他的额头上滴落下来,唤醒着他体内更多的力量来操纵手中镰刀的迅疾。他听到青草裹着镰刀利刃又瞬间被斩断的沙沙声,更听到绿色的汁水四溅的嗞嗞声。他的眼前腾起一阵润泽的烟尘，他微眯着眼，深深陶醉在劳作的快意中。

他割了一个小时的草，便驱赶着羊群继续启程。与往常相比，到达边境线起码晚了半个钟头。巡视完边境线，再带着羊群没入草原时，他的午饭照例晚了半个钟头。吃过午饭，他没有午睡，而是拿着镰刀来到另一块待收割的草地。这是一块最深的草地。他挥舞着镰刀，再一次开始劳作。他劳作了一个小时，眼前照例是一大片倒伏的青草，还有那腾起的绿色烟尘。他显得心满意足。随着一声鞭响，下午的巡视又开始了。

走在那条永恒不变的小道上，头羊就像陷入一场睡梦中，步伐变得缓慢，羊群的步伐也变得缓慢。哈罗感觉到了羊群的漫不经心，扭头望着魏远征，等待着他发出催促的指令。但他并没有作出任何指示，也缓慢地走在羊群的后面。他此刻的行走，就像是一种休息，他积蓄着由于割草而消逝的力气。他远远望着头羊那高大的背影，心里升起一种欣慰。那是一只懂他的羊。相反，哈罗显得有点马虎，有点急躁了。

下午的巡视结束后，他带领着羊群踏上了归途。割草的归途显得漫长，他不再管那些没入草原的羊群，它们由哈罗照看，完全不用他操心，他专心去对付那一片片待收割的青草。青草在他的镰刀下一片片倒下，但他的力量也在一点点丧失。他明显感到青草划过他的镰刀时带来的沉重的凝滞，他咬着牙，继续挥动着镰刀。青草还在倒伏，而腰腿处传递过来越发清晰的酸痛。他是个倔强的人，就像要证明给那些酸痛看似的，他接着劳作。体内的酸痛被他的固执弄糊涂了，先是在他体内涌动、嘶吼，慢慢就不作声了。他几乎是麻木地挥动着镰刀。这时，他听到羊群发出了阵阵咩叫，头羊也发出了咩叫，就连哈罗也焦躁地蹿到他身边发出一声低吼。他住了手，看了看天，天已经暗了下来。他带着羊群走出了草原。快到羊圈的时候，他回了一下头，天空的黑色瞬间掉了下来。

他做好饭，吃完，又准备好明天的饭食时，才感觉到几乎挪不动腿。他上了床，躺下，被忽视的酸痛如同海啸般把他彻底吞没。他闭上眼，还没有摸到孤独的边，就睡了过去。

整整二十天，他都在给羊群准备过冬的草。那二十天对他来说，由于把全部力气与精力都用在收割上，几乎完全挤占了孤独的空间。他每晚回来后，倒头就睡，并且一夜无梦。

给羊群过冬的草准备好了，天气便凉了下来。也就是秋天到了。草原的秋天是短促的，如同兔子的尾巴。草原的草在几场寒气过后，已经完全变黄，空气中更是充满着一种肃杀的味道。那天显得极其漫长，由于不用割草，他赶着羊群，显得无所事事。走到边境线的时候，他倦怠的身体才重新注入了活力，吃过午饭后，虽然太阳照样高高悬挂，但显得苍白无力，他几乎感觉不到一丝暖意，一股股阴风在草丛中矮下身躯，顺着他的双脚在一点点蔓延。他无法午睡，望着那轮白日，盯得久了，越发觉得它泛出一股沉沉的灰色。他索性不看，但四周也是一幅凋落的景象，一种无法言说的悲凉充溢他的肺腑。真正打动他的还是那些羊群。它们的神色中看不出有任何异样，仍然温和、平静，咀嚼的嘴顺着一根草滑向另一根草。虽然那些草显得暗黄，但仍然没有败坏它们的胃口。他走到头羊的跟前，抚摸着头羊的背部，它身上的毛已经完全没过他的手指，他感到一种温暖。对于他的抚摸头羊没有任何反应，它还是继续埋头，努力把一根黄色的草送进嘴里。这时哈罗突然跑到他跟前，嘴里叼着一只仍然挣扎的野兔。那只麻灰色的野兔，眼睛看不到一丝胆怯，只有恼怒与不甘。他哈哈大笑起来。

当天晚上，他把那只足有三公斤多的野兔炖了，野兔的肉香在铁锅里上蹿下跳，四处弥漫，哈罗也急得上蹿下跳，鲜红的舌头垂着一挂涎水。野兔炖好了，他分了一半给哈罗。哈罗顾不上烫，开始大嚼起来。望着香气扑鼻的兔肉，他突然想喝酒了。他从床下拿出一只塑料壶，那是老田临走时送给他的苞谷酒。他给自己倒了半缸子苞谷酒，把盖子拧紧，又塞到床下。他举起缸子喝了一大口，辛辣的苞谷酒如同一道火线，顺着他的喉咙蔓延，最终进入脏腑，并升腾起一种无法言说的畅快与松弛。他把一大块兔肉塞进嘴里，整个味觉都痉挛起来。他喝完酒，吃完肉，感到心满意足。他躺在床上，在似醉非醉中，有一种灵魂出窍的错觉。他重重吐出一口辛辣的酒气，酒气在空气中转了一圈，又扑打在他脸上，麻麻的，像虫子爬。他的心也跟着痒了，他想起了刘爱珍：他和刘爱珍坐在六月的草原上，望着更远的远方，都不说话，她猛回了一下头，缎子似的黑发扫过他的脸庞，他的半张脸酥麻一片，整个人都融化开来……他闭上眼，刘爱珍离他越来越近，他几乎能嗅到她身上那股特有的芬芳。远征。刘爱珍在暗处再次呢喃着。他答应了一声，泪水从他脸上滑落下来。在忧伤的追忆中，他再次感到了绵长的幸福。

半夜，魏远征突然醒来，屋内的空气变得冷峻而沉重，如一块块无形的铅块压在他的胸膛,他感到憋闷,更感到口渴,他大口喘息着,摸黑端起缸子喝了半缸子水。他重新躺下,脑子清醒无比。他闭上眼,但空气中已经完全消散了刘爱珍的气息,他向记忆深处摸索,但那一刻他的记忆之门像是锈住了似的,迟迟不再开启,他感到一种致命的惶恐,他知道那无边无际的孤独再一次吞没了他。

接连几天,魏远征都处于一种虚空之中,就像是那一阵冷似一阵秋风吹走了他内心的全部热情。他的目光一次次投向他的羊群。它们仍然沉着,温和的目光能融化岁月深处最冷的冰凌。与其说他带领着羊群,不如说他尾随着它们,跟随着它们的沉着与冷静,汲取着一种绵长的力量。只有走到边境线时,他才像从沉重的虚弱中醒过来似的,他的鞭子再次响起,宣告着他存在的意义。他的脚步变得有力起来,眼神也变得清亮。他突然提起的精气神感染了哈罗,哈罗从队伍前头跑到中间,又从中间蹿到边境线边,咆哮着。但当上午的巡视进行完,羊群没入枯黄的草原时,他整个人也变得枯黄起来,丧失了生命的颜色与水分。午饭虽然进入了他的身体,但却带不来一丝暖意,还有那日渐西行与衰弱的日头。他的注意力再次被安静吃草的羊群吸引。他还是从头羊开始,一头接着一头抚摸。他的手指没在羊群变厚的羊毛里,从一片温暖滑向另一片温暖。面对他的抚摸,羊群无动于衷,只是继续低头吃草。当他的鞭子再次响起,踏上那条小道时,他整个人都显得精神焕发,如同从羊群身上汲取了足够的力量似的。唯一不变的还是羊群,它们走得从容不迫。放牧归来,操持完晚饭,还有大把的时间等待打发。他走出房屋,望着一里地之外的连队,连队黑乎乎地立在远处,扩散着颓废的清音,或许是由于都拜访过的原因，他没有了再走进的欲望，他在脑海里把连队的每户人家在脑海里过了一遍，又回了屋子。他躺在床上，大睁着眼睛，看着黑乎乎的顶棚，顶棚最早是用报纸糊的，由于岁月的烟熏火燎，字迹模糊而泛黄。他突然想起了老田送的收音机，他一骨碌爬起来，从桌上拿起收音机，重新又回到床上。他打开开关，嗞啦啦的电流声如同一只小兽猛地蹿了出来，撕咬着屋里的沉闷与寂寞，孤独瞬间远了。他转动着旋钮，从一个台跳到另一个台，里面发出的声音把整个屋子都灌得满满当当。那些陌生而活泼的声音深深吸引着他，他贪婪地张着嘴，像要把屋子的声音一点点吞噬掉似的。那小小的收音机不光是声音的集市与盛宴，更是各种信息的传递。当一个台里传出歌声时，他整个人都屏住了呼吸，生怕自己粗重的喘息把那些歌声吓跑了。他有好几年没有听到人唱歌了，兵二连地处偏远，从不参加团里组织的歌唱比赛。前些年过年前，连里会组织一台晚会，都是自导自演，虽然有唱歌节目，但他几乎不去，纵使去了，也没有觉得有多大意思，连队里已经没有好嗓子了。里面唱的是《年青的朋友来相会》，那高亢而优美的歌声似一道清泉般滋润着他孤寂的心田。当那首歌唱完，他不再着急换台，而是耐心等待。果然，里面的主持人说下一个节目是湖南花鼓戏《刘海砍樵》。他整个人都像被电击了似的，猛地打了个哆嗦。他还记得他刚到兵二连的那年除夕，所有的人都没有回去，固守在边境线。连队做的饺子，羊肉饺子，大家热气腾腾地吃完饺子，连长建议文艺表演，共祝新年。大家都有些不好意思，相互推让，刘爱珍却自告奋勇，大大方方地走到前台说，那还是我先来吧，算是抛砖引玉，我是湖南人，我就唱家乡的花鼓戏。她唱的就是《刘海砍樵》。

刘爱珍声音甜美，再加上肢体动作诙谐，让大家兴奋异常，拼命鼓掌。而魏远征更是看得目瞪口呆，他觉得刘爱珍的歌声简直比百灵鸟还好听。当歌声从收音机里流泻出来，他的整个眼睛都湿润了，自从他和刘爱珍有了默契之后，刘爱珍给他的奖励便是唱歌，她不光会唱家乡的花鼓戏，还会唱青海的花儿。他更喜欢听她唱花儿，她唱的花儿基本上都是情歌，大胆而热烈，不免让他浮想联翩。望着他发亮的目光，刘爱珍当然会联想到什么，她的脸也不由得一红，狠狠打他一拳，跑得无影无踪。收音机里的歌声完了，接着是山东大鼓，他一样听得津津有味。当他把收音机里的那个曲艺台所有的节目都听完，才恋恋不舍地又换了一个台。里面播的是广播剧《最后一片树叶》，他听完不免深受感动，更觉得不过瘾，但他突然意识到夜已经很深了，明天还有铁定的任务等待着他。他关掉收音机，让一片归于寂静。他很快睡着了。

也就是从第二天开始，他习惯把收音机里的声音纳入他的日常生活。他早上起来第一件事就是收听《新闻联播》，听完《新闻联播》，他不光知道了中国刚刚发生的最重要的新闻与事件，还知道了国外最新的时事动态。听完《新闻联播》，他便赶着羊群出发了。在行进的路程，他照样打开着收音机，收听着里面发出的任何信息。收音机的声音对羊群产生了困惑，羊群慢慢没入草原，在寂静的草原上，收音机的声音传得很远，羊群一边吃草，一边抬起头来，聆听着那对它们来说显得突兀的声音。有着收音机的陪伴，这一天的征程一下子显得轻松了许多，就像他自己的整个身体都钻进了那小小的收音盒子里似的，什么也不想，只是让那些声音把他覆盖了一层又一层，他深深陶醉在那些声音的海洋中。直到走到边境线上时,他才猛然惊醒过来,他关掉收音机,从一片隆重的寂静中体会着那种永恒的责任与承担。重归的寂静对羊群也产生了一种警醒,它们走在小道上,显出一种庄重般的沉着。巡视与放牧归来,吃完晚饭,他又把收音机打开,直到里面的声音在寂静的房屋里扩散出嗡嗡声,瞬间便浇灭了那触手可及的孤寂。

仅仅一个星期,他就对收音机产生了严重的依赖,但电池还剩下两节,他不知道一旦没有了电池,他该怎样打发这孤寂的日子。但每天的《新闻联播》是必须听的。听完《新闻联播》,他赶着羊群出发后,他不再打开收音机。当草原上那肃杀的风掠过他的身体,带给他一阵寒意时,内心的孤寂便瞬间层层扩散开来。他拿起收音机打开,里面流出的声音如同一个个炸雷在耳边轰响。他望着灰色的草原,聆听着,那些声音顺着他的耳朵流进他的肺腑,带给他一阵新鲜的触动与暖意。他听上不到三分钟,又猛地关掉收音机,但那些消逝的声音还继续在他耳边回响。当草原上的孤寂慢慢向他聚拢,再一次占据他的身体,他才再一次打开收音机与之对抗。

8

入冬前的一天黄昏,当他把羊群关进羊圈,却感觉到来自空气中的一种震颤,那种震颤带着一种草原之外的气息,他整个人都忍不住哆嗦起来。他的预感是对的,没多久,他就看见一辆马车远远地过来。不光是空气,他几乎可以感觉到脚下的大地都震颤起来。他一动不动地站着,眼睛死死地盯着那辆越来越近的马车,由于紧张,他把嘴唇死死咬住。马车在他的住所前停了下来,从马车上跳下来的老田就像是从20世纪过来似的,浑身散发着陌生的气息,他还是不动,就像被眼前的马车与老田惊住了似的。老田过来,对他咧嘴一笑,狠狠地打了他一拳。那一拳让他缓过一些劲来,他的身体抖动了一下,体会着那一拳带给他的冲击。老魏,你还好吧?老田爽朗的声音里有着一种显而易见的关切。他终于露出了迟来的笑容。

老田给他送来了冬菜,有洋芋、洋葱、萝卜与白菜,并和他一起把冬菜运进地窖。老田打着马灯主动跳进地窖,分门别类把各种冬菜摆放整齐。弄完冬菜,老田又从马车上拿下来几斤猪肉。望着那几斤猪肉,在一边来回跑动的哈罗兴奋起来,嘴里发来哼唧声。有,有电池吗?魏远征终于问道。或许由于许久不说话,那声询问显得干涩而陌生,让他自己都吓了一跳。老田狡黠地一笑说,那怎么能忘。老田又从马车里拿出了整整一盒子电池。他紧紧把那盒子搂进怀里,生怕它们长翅膀飞走似的。他的举动让老田的眼睛瞬间湿润了,他转过身去,狠狠地擦去了眼泪,上了马车。老田从马车上又搬下来一个坛子。老田拍拍手说,玉琴本想和我一道来看你,又考虑不太方便,便最终还是没来,她让我把这坛咸菜带给你。望着那坛咸菜,张玉琴那张温情的脸浮现在魏远征的脑海里,他心里被一种异样温暖的东西充满了。腾空马车里的东西,两人又把羊圈里堆放的羊毛装上马车。

当天晚上,不用魏远征动手,老田主动要求做饭,做的是猪肉炖粉条。这道菜对他们来说,相当于最硬的菜。饭做好后,魏远征先弄给哈罗,然后拿出两只缸子,给每人都倒了满满一缸子苞谷酒。老田这次来，又给他带来了两塑料壶苞谷酒，用老田的话说，足够他应付随之即来的冬天。昏黄的马灯照着两张黑红的脸，两个人碰了一下，迫不及待地喝下了一大口。辛辣的酒进入他们的肺腑，一种东西立马燃烧起来。老田哈哈大笑起来，那爽朗的笑声震得墙上的影子直抖。老伙计，还撑得住吗？老田问道。还好。他回答道，那生涩的声音仍旧透着一种古怪。老田又举起了缸子，两人又喝下一大口。马灯那昏黄的光让老田觉得难受，他说，再用这种灯你能习惯吗？兵二连是五年前用上的电灯，算是彻底告别了马灯时代，当兵二连第一次通电，那种光明把屋子照得如同白昼，让兵二连的人感到了一种莫大的幸福。自从兵二连要撤销后，连里的发电机便也停止了工作。他又重新回到马灯时代。还好，他还是简短地回答。来喝酒。两人又碰了一下。两下卷起了莫合烟，魏远征猛吸了一口，突然问道，你们现在看电影方便吗？

老田怔住了，他知道魏远征最喜欢看电影。可对兵二连的人来说，哪个不喜欢看电影呢。过去那些年头，由于兵二连地处偏远，放影队一年最多来两次，夏天一次，冬天一次，听说要来放电影，兵二连的人奔走相告，激动不已，如同盛大的节日来临。放影队一般是下午到达，而连长带着副连长早早就在路边等着，像侍候祖宗似的敬的是纸烟。晚饭绝对有肉，还管酒。而兵二连的人在放影队来的那一刻便开始心猿意马，早早收工。回来后，便草草做饭，吃完饭便开始炒瓜子。每家每户都炒，瓜子的香气在连队的天空弥漫着，让人不免口舌生津。连队的人一般不吃零嘴，也吃不起，但看电影时必须要吃瓜子，就像是一种标配，更像是一种莫大的享受。最迫切的当然是兵二连的孩子们,他们从下午便开始占位子。有些孩子为了占据更好的位子,互不相让,甚至动起手来。当放影员姗姗来迟时,整个放影场地已经坐满了人。兵二连的人盯着放影员,眼睛里长着一种毛绒绒的光。这种眼神让放影员非常受用,他摆好放影架,倒好影片,从一束伸展的光里把影像投射到幕布上。整个场地没有人大声喧哗,只有细碎的嗑瓜子的声音。每次看电影对魏远征来说,一样是一个重大的节日,无论他手里的活再多,都会安排妥当,只是为了不耽误看电影。电影看完后,他也和连队的人一样整整一个星期沉浸在电影的情节里无法自拔。那一个星期,他对兵二连的人有着一种奇异的亲近。他知道那些来找他的人总会聊起那些电影的情节,发表他们的看法。他每次都是听得多,说得少。当别人问他的感觉时,他总是含糊其词,然后挥舞着手里的鞭子扬长而去。

老田当然没有说在县城基本上隔一天就能看一次电影,那对魏远征来说不亚于一次巨大的折磨,更是对他意志的一种摧毁。他淡淡地说:"还好吧。"他咳嗽了一声,把话题岔开,说起兵二连过去的趣事。整个晚上,魏远征都不再说话,吧嗒着莫合烟,听着老田说着那些往事。老田的声音沙哑,那是抽莫合烟过多的缘故,但对他来说,那种声音简直就像是世界上最好听的声音。他们喝完酒,都有了醉意,他们上了床,说了没几句,老田便鼾声如雷。纵使老田的呼噜声很响亮,但对魏远征来说,也是一种莫大的慰藉,整晚他都舍不得睡着,在似睡非睡中,聆听着另一个在黑夜里发出的声响。

第二天一早,吃过早饭后,魏远征选了十只羊赶进马车。其中八只还有羊毛是委托老田帮着卖的,另外两只是他送给老田和张玉琴过冬用的。那十只羊显出慌乱与胆怯，像预感到要离开草原似的，拼命发出阵阵咩叫。它们的叫声唤来羊圈里的羊群的同情，它们也用同样略显凄凉的咩叫回应。魏远征长长叹息了一声，但这也是没有办法的事。他唯一能做的就是抱些干草，给那些离别的羊提供一些路上的口粮。马车收拾停当，老田要出发了，他今天赶回县城需要整整一天的时间。老田过来抱抱他的肩膀说，老伙计，你多保重，再来就是明年开春了。老田说得没错，等到大雪下来，路就彻底消失了，要想再走进草原，起码得等到冰雪彻底融化。魏远征的嘴唇哆嗦了一下，他想说些什么，但最终还是什么都没有说出来。老田的鼻子却开始发酸，他狠狠地打了魏远征一拳，转身上了马车。老田错过魏远征死死盯着他的眼神，挥动了马鞭，马奔跑起来，扬起一路烟尘。魏远征一动不动地望着远去的马车，目光里满是不舍与痴迷。当目光的尽头一片灰白，魏远征也赶着羊群启程了。由于少了十只羊，羊群一下子显得零落了不少，哈罗的情绪明显受到了影响，它丧失了往日的活力，走上几步，便回头望望那条遥遥通向外面的泛着白光的土路，并发出忧伤而愤怒的吼叫。唯一不变的还是羊群，它们踏上征程的那一刻，目光里的哀伤便消逝得干干净净，它们平静、从容地向草原漫去，努力从一棵枯黄的草到另一棵枯黄的草汲取微薄的养分。但它们博大的坚韧却无法给魏远征提供一丝一毫的慰藉与动力。从路的尽头彻底消逝掉了那辆马车，他的身体深处便留下了一个透明的窟窿。随着他的启程，那个窟窿越来越大，他陷入一种巨大的空茫之中，他甚至怀疑老田到底有没有来过。他回忆着昨晚到清晨的点点细节，那些细节由于过分真实反而让他觉得像是一种虚幻。到了边境线时，那种虚幻感简直到达了顶点。好在那条坚实而延伸的小道，泛出刀子般的光芒，他内心的困惑暂时被割碎了，流下回归现实般的冷静的血。他双眼血红地望着那条小路，一种无法更改的庄严重新在体内流淌。他狠狠甩动了一下手中的皮鞭，空气像被打到了软肋上，发出了一声哀号。羊群站住了，从那声格外响亮的鞭声中分辨着什么。哈罗的耳朵也抖动了一下，它转过宽阔的脑袋困惑地望着魏远征。魏远征也忍不住哆嗦了一下，就像那声鞭子直接抽打在他的神经上。

曲折蜿蜒的边境线如同钉子般牢牢钉住了他的思想与意志，他变得单纯起来，走在那七公里长的小道上，一种水质的温情在他体内充溢着，动荡着，他几乎什么都不用想，也来不及想。

当离开那条边境线，带着羊群重新没入草原时，那种困惑又重新占据了他的心头。他又感到空了，他望着那些羊群，它们仍然不为所动地静静吃草。他走到头羊跟前，在他毛绒绒的脊背上抚摸了一把，头羊突然显得有些不耐烦，它向旁边一跳，昂起头来，用那种几乎永恒般的沉着与温和的眼神与他对视。魏远征也在望着它。它水质的目光轻易便漫过了他，接着便向草原深处漫去。那一刻，他感觉到自己在它眼神里的渺小，甚至感觉到了它对自己的轻视。他故作镇静地咳嗽了一声，再次甩响了鞭子。

不可否认，今天的归途比以往早了半个时辰。那是心里有一种东西在折磨着他，催促着他。到了住所，他急慌慌地把羊群关进羊圈，便推开了房门。屋里几乎没有留下老田的任何气息，只有一股残存的酒气在屋里弥漫。他摸摸老田带来的咸菜坛子，还有那盒电池，但它们的存在让他处于一种迷狂的焦虑当中。他突然想起了菜窖，他拿上电筒，便推开房门直奔菜窖。他下到黑乎乎的菜窖，拧亮电筒，昏黄的光柱里飞舞着的细小颗粒，透过那些细小颗粒他看见码放整齐的冬菜。他关掉电筒，微闭上眼，抽动着鼻翼，他果然捕捉到了老田身上那股独有的气息。与他相比，老田是一个不折不扣的烟鬼，一天的烟量起码是他的三倍以上。那憋闷的空气中飘荡的莫合烟味道无疑带着老田气息的本质属性，还有来自猪圈里的一种生猪与猪屎的味道，那也是老田独有的。毕竟老田差不多养了近十年的猪。当然，空气中还有类似腐败的烂白菜的气息，那是由于老田的肠胃不好，常年从嘴里喷出一股子酸气。这些气息混合在一起，显得丰富而又泾渭分明。魏远征放下盖板，径直坐在菜窖潮湿的泥地上，贪婪地嗅着老田留下的气息，那些气息丝丝缕缕地进入他的身体，让他感到一种莫大的安慰与满足。魏远征足足在菜窖待了近半个小时。他从菜窖里起身的那一刻，不免感到头晕目眩，一阵恶心，他站了好一会儿，晕眩感才彻底消失。他从菜窖里出来，盖好盖板，纵使如此，他还是有些担心，他用麻袋装了半麻袋土，重重地压在盖板上。做好这一切，他才重新回到屋里。晚饭做得索然无味，他吃得更是索然无味。吃完饭，他躺在床上，重新回味着老田说的每一句话，以及他的每一个动作。这种回味如同饮鸩止渴般，在短暂的满足过后，带来的是更多的虚空与恐慌。他不再去想老田，而是拿起了收音机。他拨动开关，里面发出来的声音，就像被一块布包裹着似的。他拧大音量，那些声音仍然显得遥远，更像是从另一个世界里飘来似的。他不由得焦虑起来，心里那种恶心开始重新翻腾。他关掉收音机，直挺挺地躺着。在依稀中他听到一阵呼噜声，但当他侧耳聆听时，那些呼噜声又消失不见。

在辗转反侧中,他终于睡去,但很快便陷入一场梦境。在梦中,他又看见了连队那场著名的火灾。那是十年前的一场火灾,从连部左首起第二排房子的东南角燃起。那次他也参与了救火,他是被连队那响亮的敲钟声吵醒的,当然,还有哈罗的狂吠声,那是哈罗前面的一条狗,不过也叫哈罗。他远远看到连队那边火光冲天,他拿上一把铁锹便飞奔而去。由于那晚发现得太晚,再加上刮风,所有的救援显得杯水车薪,根本无法阻拦火势的蔓延。那场火灾烧掉了整整一排房子,更是烧死、呛死了两户人家。那是自连队成立以来最惨痛的一场火灾,更是每个连队人心底无法抹去的伤痛。是的,他又看见了那场火灾,并且火刚刚从房子的东南角燃起。他心急如焚,大声呼喊,但奇怪的是他的喊叫没有惊醒任何熟睡的人家。他急疯了,用铁锹去砸每家每户的门,甚至窗户。更诡异的是,他的铁锹如同纸片般,发不出任何力道。他只能先去救火,他用铁锹拍打着燃起的火,并铲起泥土往火上面盖。但他的种种努力显得徒劳无功,他眼睁睁地看着火势蔓延开来……

他大叫了一声,惊醒过来,那场大火消失了,但那种被火势炙烤的感觉仍然无比真实,他不仅整张脸滚烫,整个身体也燃烧起来,如同一个火球在皮肤间滚动……他这才意识到自己在发烧。他的身体一向很好,从没有什么头痛脑热,上次发烧还是十几年前,那是刘爱珍刚刚牺牲的时候,他整整烧了三天三夜。他感到口渴得厉害,他起来喝了大半缸子冷水,感觉好受了很多,他重新躺下,没多久,又感到冷。他把身体蜷缩一团,在阵阵寒战中又沉沉睡去。

第二天一早,他起来还是感觉头重脚轻,就像踩在了棉花上,并且手心滚烫。他感到纳闷，为自己这场奇异的发烧，就像是地窖里老田留下的气息抽走了他全部的魂魄似的。当然，更像是一种病毒。他穿好衣服，房间里还是冷得厉害，他出了门，脚下仍然虚浮，他这才意识到今天无论如何到达不了边境线了。他咬着牙，歪歪倒倒地走进羊圈，给羊群抱了两抱干草。羊群仍然是那种沉静的目光，嗅着干草的气息，开始了咀嚼。真正担忧的还是哈罗，从他踏出家门的那一刻，他的踉跄就吓了哈罗一跳，哈罗蹭着他的腿，就像要支撑他似的，嘴里发出一种奇异而胆怯的呜呜声。他回到屋里，哈罗一闪身，也蹿了进来，继续用一种忧心忡忡的眼神望着他。他把哈罗抱在怀里取暖，但还是哆嗦起来。他生着了火，并丢给哈罗一块馒头，给自己又加了一床棉被，然后沉沉睡去。

魏远征整整烧了两天，两天后，他的烧退了，生活又重新步入正轨。他推开吱呀作响的房门，外面却是一片雪白。这是今年草原的第一场雪，四处白茫茫的，就像是一个崭新的世界。那白色的雪花继续若有若无地纷扬着，他微昂起脸，张开嘴，一朵细小的雪花径直落了进去，微凉，微涩，还带着一种奇异的暖意，他品尝着初雪的味道，内心却被一种圣洁般的情感充盈。

这天的早饭极其丰盛，他做了肉汤。他生病的这两天，除了喝水，几乎没有吃任何东西，哈罗也只吃了两个冰冷的馒头，他要快速给自己补充营养才对，更算是对哈罗的犒劳。他生病这两天，忙碌的是哈罗，它一会儿守护在他的床边，爪子不安地在泥地上刨着什么，眼神里满是胆怯般的焦虑，一会儿又记挂着外面的羊圈，扒开门围着羊圈转上一圈，向着天空发出威慑般的吼叫。肉汤有一股子腥气，让他感到有点恶心，他强忍着，把满满一大碗肉汤往嘴里灌。真正享受的是哈罗，它大口嚼着泡在肉汤里的馒头，尾巴摇晃不止。喝完肉汤，他出了一身细汗，浑身更是舒畅，就像那肉汤里的热量驱赶走了他体内的最后一丝寒气。力气一丝一毫地在他体内滋长起来，他坐在那里抽着莫合烟，几乎能听到体内蕴含的力量如同禾苗般发出的拔节声。他抽完烟，双目恢复到以往的清亮，他收拾停当，向羊圈走去。到了羊圈跟前，他看到羊群已经聚拢在门前，向他发出声声咩叫。他打开门的瞬间，羊群用不着任何示意，如白色的浪花般蜂拥而出，它们的眼神看不出任何急切与欢喜，仍然显得沉着而温和，唯一泄露它们内心秘密的是那显得比平日急切的步伐。不用他的鞭子响起，羊群再次踏上了征程。

羊群慢慢没入白色的草原，羊群用嘴拱开白色的雪，啃食着下面的草。雪并不厚，只有三厘米，天也不算太冷，不过是零下几摄氏度，这样的天气对羊群来说简直不值一提。空气显得洁净，就像那白色的雪把所有的尘埃都盖住了似的。他深吸了一口，整个肺部都扩张开来。太阳越来越高，反射着积雪，刺得他几乎睁不开眼。但他还是努力睁着，在最初隐隐的涩疼过去，令他目眩的白旋转出一种灰暗的调子，他的鞭子再次响起。

与草原相比，那条边境线上的小道上的积雪像是单薄了许多，羊群密集的蹄印敲击在上面，那白色的小道很快便增添了点点黑色，留下走过的痕迹。走到一半的时候，魏远征回头望了一眼，那点点的黑色如同一条黑线，在整个草原上显得极其醒目，甚至壮观。到了晌午，吃过午饭以后，气温明显有了回升，他感到热了，脱去棉衣。调皮的是哈罗,那开始融化的积雪引起了它的兴趣,它在草原上跳跃不止,让一处又一处的枯草显露出来。而羊群还在啃食着枯草,它们间或扬起头来,潮湿的嘴上沾着雪融化后的点点露珠,那露珠在阳光下折射着炫目的光彩。魏远征默默地望着眼前的景象,一种诗情画意般的浪漫在他肺腑里动荡起来,他有一种大吼的欲望,但他不想破坏眼前的静谧,他嘴里低低哼着什么,那是一首花儿。刘爱珍曾经唱过的花儿:半个天晴来(嘛)半个天阴,半个里烧红(呀)者哩;两个的身子(嘛)一个(就)心,尕心们连实(呀)者哩……刘爱珍唱这首花儿时,表情羞涩而热烈,那大胆的歌词如同电击般,在魏远征心里留下深深的印迹,在以后的日子里,他再央求刘爱珍唱这首花儿时,她就是不唱。此刻,在空旷的草原,那首花儿唱得他满眼泪花。

当他的鞭子响起,下午的巡视开始了,小道上的积雪由于上午羊群的踩踏,此刻已经完全融化,并且由于地面吸饱了水汽,显得松软,羊群过后,黑色的地面上留下朵朵梅花状的印痕。魏远征蹲下,饶有兴趣地望着深浅不一的蹄印,猜测着下一场雪来临的时候,哪朵雪花会跌落在小小的陷阱里,又是哪朵雪花会降落在微微耸起的高处。羊群改变了小道的面目,然后小道又无形中改变着雪花降落的命运……他像个哲人似的思考着什么。

从融化了一半积雪的草原回来,一种东西又开始在他心里拨动。他不去搭理,开始做饭。吃完饭后,那种东西又涌了上来,一点点地推动着他。他拗不过了,他拿起电筒,再次来到菜窖,他挪开沉重的麻袋,打开盖板的瞬间,里面腾腾的热气瞬间升起。他犹豫了一会儿,才缓缓下到菜窖,他耸动着鼻子,又嗅到了老田留下的气息,他深深地吸了两口,就像害怕中毒似的,又赶紧上来。

接连几天,菜窖里老田留下的气息就像迷幻剂似的,对他有一种致命的诱惑,他一次次下到菜窖,从老田的气息中捕捉着另一个人的存在。虽然他把菜窖的出口封得很严,但老田的气息却一天弱似一天,他当然知道问题的症结,那些冬菜由于长时间不透气,已经有了轻微腐烂的迹象。不能再等待了,如果他再迟疑,那些冬菜将彻底完蛋。那天放牧回来,他蹲在菜窖口接连抽了两支莫合烟,当他把莫合烟死死踏进土里,便毅然拿开了麻袋,然后再把盖板完全打开。里面升起腾腾的热气,他向着菜窖口俯下身去,那腾腾的热气,扑打在他的脸上。他闭上眼,准确地从复杂的气息中捕捉到独属于老田的气息,直到老田的气息越来越淡,最终消失不见,他意识到在这个寒冷的冬天他彻底告别了同类的气息。

9

那个冬天显得极其漫长,就像一个老者一边打盹一边赶路。雪已经纷纷扬扬地下了三场,虽不太厚,但由于天气越来越冷,已经把草死死压在下面。倔强的还是那些羊群,羊群用自己坚硬的蹄子踏碎积雪,然后再用嘴一点点拱出枯黄的草,艰难地咀嚼着。由于与寒冷的积雪接触,羊群嘴冻得通红,但它们还是一次次低下头,直到一种水质的东西充溢着它们的眼睛,并且在阳光下一闪一闪。

整个草原唯一留下黑色的还是那条边境线上的小道。那是羊群一天两次巡视的结果,当然,他也知道,还是雪太薄的缘故,一场大雪下来，一切都将归于白色。眼下，他和他的羊群就像在做着最后的抗拒。冬天的征程是艰难的。冷变得越发鲜明而具体，那呼啸而来的北风如同刀子般割着他的脸，而他呼出的白气又瞬间凝结成冰。当一场寒流再次来临，他换了毡筒和羊皮大衣。草原的路更是不好走，由于最初的雪有着融化的痕迹，看似洁白一片，踩上去却脚底打滑。这些对魏远征来说算不了什么，再难走的路，他走，羊群和哈罗也在走，正是它们的陪伴，相互的印证，消融了意识深处的难度，也正是每天艰难的跋涉，给孤寂而单调的行程增添了一种意外与波折，更增添了斗争的欲望与决心。

真正难熬的还是从黄昏到黎明。当他把羊群赶进羊圈，当他完成了一天的使命，如晨雾般笼罩着他的孤寂瞬间硬如磐石。为了打发那段格外孤寂的时光，当第四场雪下来后的黄昏，他带上铁丝、钉子与锤子向雪地里走，细心察看着雪地上动物的足迹。准确地说他在察看野兔的足迹，那点点梅花密集的地方，是野兔来回必走的路，他用铁丝做好大小合适的套子，再用钉子把套子牢牢固定在雪地上，他不光下一个套子，他还下了连环套，野兔非常聪明，一旦察觉走过的路线有什么异常，它会绕道而行。而连环套就是给聪明的野兔准备的。下完套，天就完全黑下来了。他回到住所，拨亮炉火开始做饭。吃完饭，他坐在通红的炉火边打开了收音机。里面的声音还是隔着什么，就像那些声音本身就在证明它们来自另一个世界，而他完全是被抛弃的人。但他的内心太孤寂了，那些声音起码证明他同类的存在，从而证明他坚守意义的存在。那些声音听着听着就近了，他完全被那些声音占据，他几乎消失不见了。

下完套子的第二天，便是完全崭新的一天，他心里多了一份期待与兴奋。他不急着一大早去察看结果，而是等着放牧回来。那样的话，他的孤寂会缩短一段时间，同时会让那种期待蔓延整个白天。当他把羊群关进羊圈，便带着哈罗向野兔出没的雪地上行进。到了下套子的附近，空气中散发出的气息让哈罗兴奋起来，它开始狂叫。魏远征笑了，他已经知道了结果。到了套子跟前，结果却超过他的预期，他下的两只套子都有收获。看见他和哈罗过来，那两只野兔不再做任何挣扎，铁丝已经深深勒进它们的后胯，不用说，整个白天，它们为了摆脱套子的束缚，已经耗光了所有的力气。他把两只麻色的野兔从套子里取出，用手掂了掂，每只兔子都很肥，足有三斤以上。他把野兔装进麻袋，扎好口，扔在雪地上，继续在雪地上行走。他知道白天那两只野兔的挣扎一定吓坏了别的野兔，他得另找地方下套才行，经过判断，他在一片点点梅花杂乱的地方连下了三个套子。做完这一切，他背上野兔向住所走去。当天晚上，他炖了满满一锅兔肉，为了犒劳自己，他给自己倒了半缸子苞谷酒。酒足饭饱后，他整个人都显得慵懒，他躺在床上，打开收音机，沉浸在外面世界的声音里。

接下来的日子，套野兔带给他一种莫大的乐趣。他几乎每天都有收获，与野兔相比，他更像个狡猾的猎人，无论野兔怎样闪转腾挪，变更路线，他总能准确摸到它们的逃生路径。他的伙食得到了极大的改善，几乎每晚都炖兔子肉，纵使如此，还有剩余。一天晚上，他听着收音机里来自外面的声音，感到一种无聊，他突然想起大箱子里的那些账册。

他下了床，打开箱子，把一本本账册搬了出来，就着昏黄的马灯一本本察看。开始那些数字让他摸不出头绪来,但他是个倔强的人,继续琢磨,便慢慢看出门道来。比如说1964年兵二连的人员是234口,到了1965年,便增到347口,其实这一年来连队并没有再招退伍军人进来,那多出的这一百多人是怎么回事。他想起来了,当时兵二连为了增加连队的凝聚力,鼓励连里的人去老家接人,并且给报销来回路费。那时连里有家眷的几乎是凤毛麟角,几乎都是光棍。纵使魏远征本人也收到老家的来信,说给他寻摸了一个不错的女子,让他回去成婚,他当然没回,那时,刘爱珍已经完全占据了他的心灵,他给家里回信说,这边已经有心仪的人,就不用操心了。连里的号召下来,兵二连的人纷纷行动起来,给老家去信,不管怎么说,接来的人就能上户口,当职工,这在当时是很大的诱惑。不少女子就是凭着一封信来到了兵二连,来的多,回去的也不少,兵二连的艰苦完全超过她们的预想。对于打退堂鼓的女子,连里并不勉强,实在做不通工作,便给报销来回的路费。但也有意外,连里一个长相粗糙的人接来了家乡一个水灵的女子。女子没有嫌弃环境的恶劣,倒嫌弃男的长相,并报怨说寄来的照片与本人简直判若两人。她死活不同意,男的急了,趁着劝解的时机,把生米煮成了熟饭。但没想到那女子是个刚烈的女子,当晚便吊死在连队的豆腐房里。男的追悔莫及,但为时已晚,第二天便被保卫股带走了。连里的人不免一阵唏嘘……

当他翻到1972年连队的减员情况,他立马想到了那场惨痛的火灾。当然账册上也有他的名字,比如说1970年他合计打了三万块土块。也就是从那年开始,连里开始盖土坯房,连里每人都有定量。他放牧回来,吃完饭,便开始打土块,泥是一大早就醒好的,把泥装进模具里，用手抹平，端起扣在不远的平地上，然后用沙子把模具涮一下，再重新开始。当时，连里的人员分两批，一批打土块，另一批进山里伐木。去山里伐木是副连长带队。但副连长却没能回来，山里发洪水，副连长被洪水冲走了，一天后才找到副连长的尸体。副连长的尸体送回连队后，整个连队哭声震天，哭得最悲凄的无疑是副连长结婚一年的妻子。副连长的妻子也是从老家接来的，但她和副连长的感情很好。连里人望着怀有身孕的副连长妻子，心都揪在了一起，不知她以后的日子该怎么过。副连长的烈士身份批下来后，连长当着全连人的面向副连长的妻子保证她和孩子以后的生活。副连长的妻子生下孩子后，并没有带着孩子回老家，而是留在了兵二连。她和孩子得到了全连人的关照，副连长的孩子是个男孩，在他调皮的年龄，也和连队里别的孩子一起偷骑过他的羊。魏远征唯独对副连长的孩子没作任何惩罚。那个孩子长得像他爹，眼睛圆圆的，脑袋也是圆圆的。副连长的妻子也一直没有改嫁……

他手里的账册定格在1968年，他的手指颤抖起来，额头的青筋也突突直跳，一股热血在他体内激荡着。其实从1967年开始，边境的形势就变得紧张起来。上面下达了一级战备的命令，兵二连的人一个个写好了遗书，做好了随时牺牲的准备。为了避免引起更大的冲突，他们放牧时没有配备枪支，而是手里拿着木棍，驱赶着羊群，还是三人一组，行走在边境线上。与他们相比，对面的苏军却是全副武装，并且带着黑色的头盔。看到兵二连的人手无寸铁，便过来挑衅。他们站在边境线上，堵住了路，等待着兵二连的人。那是魏远征第一次近距离地与苏军接触。他心里没有恐惧，在守土有责的使命面前，他心里充满着神圣与力量。与他同行的是他亲密的战友张锐强与刘爱珍。其实当边境的局势变得紧张起来后，连里建议让女兵都撤下来，还是以男兵为宜。但连里的号召并没能执行下去，全连的女兵认为对她们真正的考验到了，越是危险的地方，也越能体现她们作为半边天的价值。她们甚至写了血书。连里最终尊重了她们的决定，还是两男一女进行放牧。看见他们赶着羊群过来，五六个苏军首先对他们的羊群进行了侵犯，有的用皮靴踢，有的用手里的枪托狠狠地击打着无辜的羊群。羊群发出痛苦的咩咩声，四散开来。魏远征把刘爱珍挤到身后，手握着木棍，迎着苏军走了上去。一位苏军瞅着他，蓝色的眼睛里是冷冷的光，他把手里的冲锋枪握紧，跨上了一步，完全挡住了魏远征行走的路线。魏远征没有半点迟疑，他的双眼里满是愤怒，热血更是在体内奔涌，他挺着胸膛便撞向那位挡着道路的苏军。空气中响起清晰的碰撞声，苏军被他撞得退后了一步，苏军不由得恼羞成怒，挥舞着手里的枪托狠狠地击打着他的后背，他一个趔趄，又站住了，他转过身对着苏军怒目而视。但他没有挥舞手里的木棍进行还击，上面让他们注意分寸，不要挑起事端，以免给对方留下把柄。但他目光里的冷峻一样能杀人，那位苏军的目光里有了迟疑与困惑。顺着他坚定的步伐，刘爱珍与张锐强也勇敢地与苏军对峙，对脚下的土地寸步不让。那段时间，他们凭着血肉之躯与满腔的胆识与苏军进行着对抗，坚定地守护着边境线。但当苏军把碉堡修在了离边境线不到五十米的地方时，他们心里的那根弦便越绷越紧。果然，他们对峙了大半年后，苏军袭击了一百里之外兵三连的防线。我方牺牲了三十多位战士，还包括一位随行记者。消息传来，兵二连不由得群情激愤，纷纷写下战书，要求冲锋在第一线。上面出于统合考虑，并没有给第一线的牧羊班配发武器，只是把武器配发给第二线的二排，让他们和牧羊班保持一定的距离，一旦出现纷争，做好接应工作。

那天本是一个好天气，万里无云，由于已到了五月下旬，他们刚刚换上单衣，黄色军衣虽然稍显肥大，但爱美的刘爱珍悄悄改小了，灿烂的阳光勾勒出她起伏有致的身体。魏远征直愣愣地看着，心里升起一种模糊的向往。他眼睛里的光让刘爱珍有些恼怒，更有些羞涩，她故意沉着脸说，你看啥呢？魏远征有些不好意思，但还是傻乎乎地说，你真好看。刘爱珍狠狠地拧了一下他的胳膊说，你要死啊。魏远征便嘿嘿笑了起来。他的笑声再次招来刘爱珍的白眼，当他上来拉住她的手时，刘爱珍却打开了，她的心情活泼起来，轻声地哼起了花儿。当张锐强赶着羊群过来时，他们还刻意分开了两步的距离，就像只是亲密的战友。他们赶着羊群顺着边境线走到一半距离的时候，一群苏军冲了过来，他们紧握着手里的木棒保持着警惕。苏军挡住了他们的去路，嘴里叽里咕噜地说着什么。他们一句话也听不懂，只是怒目而视。当他们用手里的冲锋枪推搡他们，并指着脚下的泥土时，他们这才明白，他们大声地向苏军争辩着什么，虽然他们知道对方同样也听不懂，但他们用毫不退让的身躯宣告着自己的立场。苏军恼怒了，对着魏远征的头部就是一枪托，魏远征眼前一黑，当时便昏了过去。张锐强冲上去理论，却被苏军围起来用枪托击打。他们接着便架起张锐强往自己的碉堡走去。刘爱珍急了，她放下躺在地上的魏远征，拿起木棍大声呵斥着，勒令苏军把张锐强放下。苏军迟疑了一下，突然向刘爱珍射出一梭子罪恶的子弹。刘爱珍迎着子弹倒了下去。正是那突兀的子弹声，让魏远征猛然苏醒过来，他的头部仍然又热又痛，鲜血顺着脖颈往下流，但他顾不得这些，他爬起来，发现刘爱珍直挺挺地躺在地上，他跑过去，看见大股大股的鲜血从刘爱珍的胸口处涌出来，他犹如五雷轰顶，用手死死堵着那热的血，悲痛欲绝地呼喊着刘爱珍。他的呼唤让刘爱珍的嘴角微微扬起，但她没有看向魏远征，仍然平静地注视着蔚蓝的天空……二排听到枪声，立马持枪赶了过来，并且对着天空鸣枪示意。经过近一天的交涉，苏军放了伤痕累累的张锐强，但刘爱珍永远闭上了她那双美丽的眼睛……

大颗大颗的热泪再次从魏远征眼里滴落下来，想起十几年前的那一幕，他再次被一种巨大的悲伤吞没。但刘爱珍望着天空的那一幕在他的脑海里定了格，她的无畏与对祖国的忠诚成了一种永远的激励，她走了，把他们之间刚刚绽放的爱情之花也带走了。他对着她的坟茔发誓，会一直守护着她，守护着那条边境线。

10

在随后的一个月里，他每天放牧回来，下好套子，便是研究那一本本账册。经过细细的揣摩，那些数字最终变成了连队的一段段往事、一段段经历，他从每年人员的变化看到了连队的繁衍与壮大，从开垦的亩数以及牛羊的出栏率，看到了畜牧业的发展，从树木的成活率与种植数看到了连队对绿化描绘的蓝图……连队在他过去的记忆里只是一个模糊的概念，而现在，由于他对连队的每家每户都经过拜访，都经过观察，再加上这些账册，它们由点到面，由分到总，相互补充又相互印证，整个连队的发展史如同一幅鲜明的画卷一点点在他面前展开。或许兵二连的人会记住一些往事，但随着时间的流逝，只会是一些模糊的碎片。只有他，一个过去看上去和连队不远不近甚至冷漠的人，充当着连队最忠实的记录者。连队撤销了，但魏远征一点点收敛起连队走过的每一处脚印，寄存在自己记忆的档案库里，他成了活着的兵二连，行走着的兵二连。

那天放牧回来，他把羊群关进羊圈，带着哈罗又收获了一只野兔，他重新下好套子后，回到住所开始做饭。晚饭照例是一锅兔子肉。吃完饭，他静静地吸了一根莫合烟，然后站起身，瞅了空荡荡的木桌一眼，上面的账册他又重新装进大箱子里。他换上一套衣服，披上羊皮大衣，出了屋子，外面的月亮已经升起来了，照得四周一片银白。今天是元旦，他决定到连队里走一走。自从下雪后，他还没去过连队，那条通向连队的土路上满是积雪，踩上去发出咯吱咯吱的声音，在白色的夜空下，那种声音单调而又坚实，就像是天地间唯一的声响。

到了连队，他首先走进连部，推开那一扇扇吱呀作响的门，就像是推开了记忆之门，在清冷与尘埃之间，连长那急躁的声音在房间里轰轰作响，还有连长那习惯性的手势，如同一把利刃，斜劈向空气，带动空气发出隐约的震颤……接着便是副连长那阴郁而古怪的眼神，带着对他的一种根深蒂固的偏见及妒恨，由于副连长的表情过于鲜明，此刻，他记忆之手几乎就像握着一块石头般踏实……最后是统计那张笑眯眯的脸浮动起来，统计对谁都是笑脸相迎，无论对方在连队的身份如何、地位如何，他都一视同仁，他是连队有名的老好人，但此刻在定格般的凝视中,他第一次发现统计那隐忍着的性情,如同数字本身,散发着处世智慧的光芒……

从连部出来,魏远征去了紧挨着连部的连队礼堂,那是连队最雄伟的建筑,更是声音的集市。礼堂的两扇大门已经消失不见,空荡荡的礼堂里灌满了黑乎乎的风和飞舞着的尘埃。那其实是记忆之风,吹动起往昔之翼,让走失的声音重新又走了回来。在阵阵轰鸣中,他辨认出有的声音高亢,有的急躁,有的沙哑,有的尖细,有的奶声奶气,还有的浮浪而媚气……是的,浮浪,他几乎忘掉了这种声音的存在,准确地说忘掉了那个人的存在。连队的寡妇有七八个,就属张寡妇特别,丈夫病死后,在连队好逸恶劳,几乎什么活都不干,但嘴还馋得很,几乎每个星期都有肉吃。她能维持住不错的生活,仰仗着一身嫩白的皮肉,更是整个连队唯一一位扭着屁股走路的人。张寡妇见着连队的男人,就往家里扯,说自己有一肚子苦水要倒。连队的男人普遍拿她没办法,便听她倒苦水。她还真的苦,从小便没了娘,几乎天天都会遭到后娘的毒打,并且还吃不饱饭,她之所以愿意到兵二连来,完全是为了摆脱后娘的魔爪。但没想到找的男人是个肺痨,结婚没两年,便撒手而去。张寡妇说得泪水涟涟,几乎哭昏过去,在气若游丝中对到家的男人说,哥,你要可怜我。来的男人哪能承受得住,纷纷表态说,哥可怜你,一定可怜你。张寡妇在连队的马号清理马粪,不用她出手,那些马粪便被连里的男人清理得干干净净,并且还偷偷给她塞些钱物。当然,张寡妇也没有亏待那些连队可怜她的男人,这在连队简直是公开的秘密。张寡妇一天摸到了魏远征的羊圈,照例是哭得梨花带泪,恳求魏远征可怜她,魏远征被她弄得心烦意乱，二话没说，便把刚发的工资都甩给了她。张寡妇愣了，她还没遇见这么豪爽的男人。她也二话没有，开始脱自己的衣服。魏远征吓了一跳，怒喝道，你干啥？张寡妇接着脱，说，俺不能让哥白可怜俺。魏远征扭头就走。张寡妇还不甘心，上来拉扯魏远征。魏远征把手里的鞭子重重地甩了一下，抽得空气发出一声脆响。张寡妇便愣怔在原地。自此，张寡妇再也没有来骚扰过魏远征，就像是被他身上那凛凛之气镇住了似的。一年后，连队里来了一个货郎。张寡妇禁不住连队女人的唾骂与白眼，便跟着那个货郎跑了……

魏远征在开阔的礼堂慢慢走动，迎面的声音如永不消退的浪潮般扑打着。当他走上土块砌成的主席台，向下望去时，那些翻滚的声音又显出另一番面貌来。他本以为礼堂里的声音是杂乱的、无序的，但这时才发现每一个人都待在他们习惯的位置，就像约定俗成，谁也不会去挤占别人的空间，虽然每次来的顺序不同，但每家每户凭借着既定的在连队的社会地位、威望以及性格，形成了固定的布局。就像他一样，每次来开会，都习惯待在礼堂的西北角，不想让任何人看见，更不想和任何人搭话。

魏远征从礼堂出来，看见连部边的那棵老榆树仍然在白雪中伸展着黑而繁茂的手臂。其中一根粗壮的横枝上挂着一块沉重的铁。那其实是连队最早的钟，连队无论是开会还是有什么急事都喜欢敲响那块铁。那块铁一响，连队的人都会向钟声会聚。自从连队有了喇叭后，那块铁的功能弱化了许多，但它还一直存在，还会有人不时敲响。当连队那场惨痛的大火熊熊燃烧的时候，最先响的还是那块铁。他走到那块铁跟前，在它的一处窟窿处仍然塞着一块铁条。他取出那块铁条，顿了一下，向那块铁击去。沉闷的钟声响起，沉睡的麻雀从梦中惊醒，扑棱棱从榆树的枝条间飞起，在银白的夜空中盘旋着，好久不敢落下。

自从魏远征敲响了连队新年的钟声，接连几天，他都到连队里走走。不过大半年的时间，连队的房屋便有了颓废的迹象，有的是房门上的裂缝更宽了，有的是墙基处有了更多的虚土，他甚至能听到房梁在吃重中发出老牛似的喘息声。唯一猖獗的是耗子，它们肆意在屋顶处穿梭、奔跑，弄出沙沙的响声，一只肥硕的耗子从房梁上掉了下来，径直落在距他两米的地方。耗子并没有转向逃窜，而是瞪着乌黑发亮的眼睛与他对峙，就像在宣布这里是它的地盘似的。他忍无可忍地发出一声响亮的咳嗽声。耗子受到了惊吓，转身逃窜，纵使沙沙作响的屋顶也一下子变得寂静无声。魏远征长长地叹息了一声，他知道房子是需要人气支撑的，无人的房屋只会快速颓败下去。而他能做的，就是在连队的每家每户走动一下，续上那口杯水车薪的人气。

11

那年真正意义的大雪是从元旦的一个星期后开始的。那天他赶着羊群出门时，就开始飘雪，天空是那种铅灰色，更是低得吓人，就像一个灰色的罩子扣在十米高的地方，让人觉得压抑，甚至无法喘息。凭着经验，他断定这场雪不会小。羊群仍然是无动于衷的，在他的催促下才加快了脚下的步伐。羊群没入草原吃了不到半小时的草，他就再次挥动鞭子。羊群显得有些无措，抬起头颅，分辨着什么。哈罗知道他内心的焦灼，对着羊群开始吼叫。羊群在头羊的带领下，放弃掉嘴边那一丛沾满雪的草，向边境线漫去。巡视完边境线，离晌午起码还有一小时，但他改变了路线，再次挥动鞭子，开始了一天的第二次巡视。羊群走得有些迟疑，但在头羊的带领下，开始了再次的征程。巡视到一半的时候，雪变成了鹅毛大小，一袋烟的工夫，羊群便像一座座移动的小小雪山。他手里的鞭子再次响起，哈罗紧接着发出更凶猛的吼叫。头羊首先跑了起来，背上的雪坍塌下来，在风中纷扬着。羊群在头羊的带动下，也跟着奔跑。巡视完，魏远征一刻没敢耽误，他驱赶着羊群踏上归途。雪越下越大，完全遮挡住视线，归途消失了，连留下的气息也被雪死死盖住。头羊走了不到两百米，便不敢再走，站在原地咩咩直叫。羊群也站住了，簇拥在一起，发出阵阵咩叫。哈罗也对方向失去了判断，它拼命晃动着宽大的脑袋，向着天空吼叫。在魏远征的示意下，他和哈罗交换了位置，他用鞭梢绑着头羊的脖颈，在茫茫雪原上开始跋涉。他微眯着眼，更多是凭借着直觉在跋涉，毕竟这片草原他走了十几年了，再不是当初那个一场风雪就失去方向的毛头小伙子了。大雪像跟他较劲似的，在天地间制造出扑簌簌的声响，扰乱着他那根隐秘的神经。雪好像小了一点，但风声大了起来，搅动着漫天的雪，使天地陷入更深的迷茫当中。那漫天的呼呼声就像有一万个人在他耳边争吵、喧哗。他预感到一种巨大的危险，他死死咬着自己的嘴唇，直到一股腥气在口腔里弥漫开来，他紧握着鞭子，握得更紧的是他的心神，他凝神静气，让自己的头脑处于一片清晰的虚空之中。他沿着直觉指引的方向一步一个脚印向前跋涉。

当他带着羊群走出草原时，已近黄昏。他透过密集着的大雪顺着头羊一路检查过去，还好，没有羊掉队。他不由得长出了一口气，拍了拍哈罗那坚实的脑袋，表示赞许，他知道他在前面引路，羊群能一个不少，哈罗功不可没。哈罗伸出鲜红的舌头，舔了一下他粗糙的手掌。他把羊群赶进羊圈，给羊群抱来了两大捆干草，它知道今天的羊群忙于赶路，早已饥肠辘辘。

他关好羊圈，带着哈罗回到屋里，他捅亮炉火，脱掉羊皮大衣，才发现毛衣早已湿透。他换了一件干净的秋衣，找出一件棉衣披上，把毛衣和秋衣放在炉火边的铁架子上，很快潮湿的衣物便散发出阵阵热气来。他想给自己倒口水喝，但根本挪不动腿，他已经累得筋疲力尽，他便瘫在木椅上不动。好一会儿，力气才重新回到身体里。他起来，喝了满满一缸子水，才想起昨天黄昏时分下的套子。不用说，那几个套子完全被大雪覆盖，要想找回来，估计得费一番工夫。他点燃一支莫合烟，狠狠吸了一口，辛辣的莫合烟让他紧绷的神经得到了舒缓，他又长出了一口气，听到风雪扑打在窗外的塑料布上，发出"通通"的响声。他一连抽了两支莫合烟，才开始做饭。吃完饭后，他才想起羊圈里两只待产的母羊。他提着马灯把一只待产的母羊接到了屋里，并喂了一些黄豆。母羊咀嚼着黄豆发出阵阵脆响。待母羊安静下来，他上了床，酸痛阵阵袭来，他不一会儿便睡着了。半夜，他被阵阵咩叫惊醒，他起来看见母羊已经完成了生产，正用嘴舔着小羊身上的血污。小羊的身体被母羊舔得湿漉漉的，它颤抖着小小的身体，正在努力支起后腿。不料力气不支，又摔倒在地上。他给炉子里又加了一大块煤，并把一个破棉袄放在小羊边。小羊看了他一眼，眼神柔嫩而新鲜，在他的惊异中，小羊终于站了起来。看着小羊把嘴伸向母羊柔软的乳房,嘴里发出吮吸声,他心里被一种奇异的感觉充满,就像一个崭新的生命带给他一种蓬勃、一种激励。母羊的眼睛半眯着,在火光中闪着一种格外安详的色彩。他闭上眼睛,听着窗外的动静。窗外还是呼呼叫着的风雪。

第二天一早,当他捅旺炉火时,母羊对他发出一声感激的咩叫。他又给母羊添了半碗黄豆。推开门,外面白茫茫的,雪已经停了,风也止了,天地之间静得像是时间凝固了似的。但雪已经足有一尺多厚。他吃完早饭,给羊群抱了几捆干草,坐下来抽着莫合烟,心里迟疑起来。但当他把莫合烟抽完,一股豪气便在肺腑间激荡。他收拾停当,放弃了休息一天的念头,再次踏上了征程。哈罗跟上了他。他转身给它下达了任务,让它原地待命,照看好羊群。但哈罗明显对他一个人不放心,还是执意跟了上来。他黑着脸,训斥着哈罗。哈罗的耳朵一抖,目光也跟着一抖,抖出委屈与不解。他继续走,哈罗站在原地望着他。

雪已经没入膝盖,每一脚下去,他就像陷入了白色的泥潭里。他微弓起腰,两条腿快速在雪地上移动,不过走出一里地,他便累得气喘吁吁。他休息了一会儿,继续往草原深处挺进,雪陷落着他的双腿,又包裹着他的双腿,在雪的动荡中,他感到一种旗鼓相当的对抗,酸痛从腰脚处传递过来,他视而不见,大口大口的白雾被他吞吐着,最终又扑打在他的脸上,凝结成冰碴,他毫不在意,在白茫茫的天地之间,他就像一个倔强的黑点,留下醒目的足迹。他喘着粗气,向着边境线一点点跋涉,在凝滞般的时间里,他机械地迈着前进的步伐。终于,他的力气被雪原彻底吞没了,他躺在厚厚的雪地上,就像死了似的一动不动。但他的脑子无比平静，就像里面有一处光照亮。他甚至开始后怕昨天的决定，其实那样的天气不该带着羊群的，如果风雪再大一些，如果他的直觉出了问题，那么……他不敢再想下去。他足足躺了十分钟，让那些走失的力气又一点点回到他的体内。他猛地坐起，继续前行。

走到边境线时，他一眼便认出了那条被大雪覆盖的小道。与周围相比，小道明显矮了五厘米，那是小道上没有草的缘故，结实的地面降低了雪的高度。他顺着边境线开始了真正的征途。与刚才过来的路相比，小道上的积雪由于没有枯草的阻碍，显得坚实一些，他觉得一下子轻松了不少，就像是给予他的一种奖励与馈赠。但当沿着边境线走了不到二里，深陷的积雪伸出无数只透明的手臂在拉扯着他的双腿，那种凝滞与疲惫便与最初的路毫无二致。他还在坚持，整个人像个蒸笼似的腾起股股热气，他索性脱了皮大衣，继续跋涉，直到积雪再次耗尽他最后一丝力量，把他放倒在雪地上。他又一次迎来了短暂的死亡。他一动不动地闭着眼，催促着体内焕发出新的力量来，在他的鼓舞下，崭新的力气先是在他骨骼里一丝一缕地游荡、汇集，就像一个细胞汇合着另一个细胞，在共同的再生中迎来着再次的蜕变。力气终于在他的肺腑间充盈起来，出于一种宣告，他突然向天空大吼了一声，天空抖了一下，大地也抖，他充满豪情地开始了再一次跋涉。

走完边境线已是晌午，他掏出怀里的馒头，就着冰冷的咸菜开始了午饭。吃完饭，他回望着边境小道，上面留下的足迹，远远看上去就像一个个雪窟窿，一种自豪感充溢着他的肺腑。当然，再完成一次巡视那是不可能完成的任务。他计划着返程。他看了看天空，天空仍然灰蒙蒙的，看不出太阳的踪迹，他的目光在雪原上瞭望，确定好方位，开始了返程。

但返程的路显得万分艰辛。其实是他的体力几乎达到了极限。他走了差不多两里的路，觉得整个人都处于一种虚脱状态。这时，雪原上的风突然大了起来。为了更好地休息，他用手挖了一个避风港似的雪墙。他躺了下来，意识却开始模糊。在模糊中，他恍若又看见了若干年前的那场大雪。

那是他来兵二连的第二年，在放牧的途中遭遇到暴风雪，羊群完全迷了路，他和刘爱珍、张锐强也迷了路。羊群受到了风雪的惊吓，四散开来，为了寻找羊群，他们分头寻找。迅急的风雪完全挡住了视线，他不但没有找到丢失的羊，还丢失了同伴。在孤独的风雪中，他大声疾呼。但风雪完全吞噬掉他的声音。他摸索着走，直到摸索到另一个温暖的腰身。那是刘爱珍。为了对抗风雪，他死死拉着刘爱珍的手，一起在风雪中摸索。但他们彻底迷了路，他们不敢再乱走，只能在原地挖下雪墙，等待着暴风雪过去。但那次的暴风雪冷酷得就像死神，继续肆虐，一直把天刮到黑。他们又冷又饿，紧紧依偎在一起。这是他第一次和刘爱珍亲密接触，当他嗅到刘爱珍身体里散发出的雪花膏的香气时，心里突然对暴风雪有了一种莫名的感激。刘爱珍给他手里塞了一块坚硬的窝头，那其实是她的午饭。他说不饿，又推给刘爱珍。那块窝头在拉扯中最终一人一半。两人吃完窝头，刘爱珍仍然感到冷，浑身哆嗦起来。他脱下自己的羊皮大衣要给她穿上。她死活不穿。他牙一咬，便死死抱住了刘爱珍。他之所以敢如此，跟刘爱珍对他的态度转变有关。他刚和刘爱珍一起放牧时，刘家珍对他爱搭不理，倒是对张锐强有说有笑。刘爱珍还喜欢挑他的刺，错的挑挑也就罢了，他明明做得对的事，她也能鸡蛋里挑出骨头。她分明在故意刁难他。有时，张锐强都看不下去，替他辩解几句。刘爱珍只是任性地冷哼一声。但他从不和她计较什么，自从看见她的第一眼，他内心便被什么给点燃了。他只是对她嘿嘿笑着，看上去就像个傻瓜。她果然没有放过，吐出"傻瓜"两个字，便扬长而去。刘爱珍的小动作是从三个月前开始的。连里由于粮食紧张，下达了减量的命令，落到实处就是每顿的窝头从三个变成了两个。虽然那时每位战士的斗志都很昂扬，但吃不饱也是事实，最难熬的是晚上，他和张锐强躺在地窝子的泥炕上，说得最多的就是家乡的美食，直说得他们满嘴生津，更加饥肠辘辘。那天傍晚，吃过晚饭后，刘爱珍突然在地窝子外叫他的名字。他出来后，刘爱珍仍然冷着脸。魏远征涨红着脸问有啥事。刘爱珍塞给他一个窝头转身就走。那块还带着刘爱珍体温的窝头把魏远征弄糊涂了。他琢磨了半天，才体会到刘爱珍那别样的用意。一股甘甜流进他的心底，那一刻他觉得自己是世界上最幸福的人。他当然没有把这个秘密告诉给张锐强，虽然他们是同乡，也是最好的兄弟。但他无偿地把那个窝头分给了他一半。张锐强握着半块窝头眼睛发亮地说，哪来的？魏远征错过他的目光说，白天省下来的，就是留在最饿的时候吃。刘爱珍每天傍晚都来给他送一个窝头，虽然她的用意明显，但嘴并不软，脸上甚至挂着更加轻蔑的神情：反正我饭量小，吃不完，就是一个窝头……

魏远征紧紧抱住刘爱珍的瞬间，她在他怀里明显哆嗦了一下，但她并没有推开他，她的呼吸急促起来，扑打在魏远征的脖颈，一阵阵酥痒，直痒到心底。魏远征浑身的血都燃烧起来。他在她的耳边低语道，爱珍，我喜欢你。刘爱珍把自己的整张脸都深深埋在他的胸口，一动不动。好久，她才仰起脸来说，我知道。他垂下头，看不清她发烫的脸，但她的眼睛乌黑明亮，就像是夜空的两颗星。她咬了一下唇又说，我也喜欢你。刘爱珍的那句表白，就像抽去了他的魂魄似的，他整个人虚空一片，许久，他才从巨大的幸福中缓过神来，他傻乎乎地说，我还以为你很讨厌我，直到你每天给我送窝头。刘爱珍咻咻地笑了起来，你还真是个傻瓜，其实我也不知道到底喜欢你啥，但你身上有一股子没头没脑的劲。魏远征把刘爱珍抱得更紧了，并且心里升腾起一种无法言说的冲动，他一低头，吻在了刘爱珍光洁的额头上。刘爱珍吓坏了，像只兔子似的一动不敢动，过了一会儿，她才缓过神来，狠狠地打了他一拳。

　　风雪还在耳边呼啸，但他们缩在雪墙下面，鼓动起欢乐而甜蜜的海洋。到了下半夜，他们越来越困，但他们都鼓励着对方，拼命说话，他们知道一旦睡去，便再也醒不来了。但冷几乎钻进了他们的骨骼里，他们抱得更紧了。刘爱珍说，你说我们会死吗？魏远征还沉浸在巨大的幸福里，他说，纵使死了，也没有什么遗憾的了。刘爱珍低低地笑了，内心获得了巨大的平静与从容。

　　暴风雪是第二天早上停的。他们在恍恍惚惚中听到战友的呼喊。魏远征用尽力气，大喊了一声，才引起战友的注意。其实，从昨天傍晚，战友们就对他们展开了营救，但风雪太大，战友们只能手拉着手，组成一道网。那道由十几个人组成的网里网住了张锐强，只与他们隔着不过五十米的距离。战友们在雪墙下找到他们时，他们一动不动地躺着，脚已经冻僵。战友们把他们背回连队，弄来几盆雪，几个战士轮流揉搓，才保住他们的脚。他们能够活下来，是个不大不小的奇迹，只有他们知道是那流淌的爱恋，激起了他们对生的强烈渴望。他们再次见面时，是三天后，魏远征来找的刘爱珍。在温暖的地窝子，在劫后余生的庆幸中，他们的脸红通通的，都不说话，听着炉火发出阵阵爆裂的响声……

远征，我也喜欢你……刘爱珍的表白既临近又遥远。魏远征猛然惊醒，他竟然不知不觉间睡了过去。他身上冷得厉害，他裹紧身上的羊皮大衣，开始了再一次的跋涉。他深陷的双腿，如同两只铁桨在深雪里划动，掀起阵阵雪浪。很快，他就累得气喘吁吁，但他咬着牙，继续跋涉。消耗的力气转变成汗水，彻底驱散了身体里的冷。当力气再一次耗尽，他躺在积雪上，眼泪不知不觉滑落下来。他知道刘爱珍用她的爱恋再一次唤醒了他，他吻刘爱珍额头的感觉仿佛仍然停止在他的唇边。那是他第一次吻她，也是唯一一次。但带给他的却是永恒的记忆。

当他回到住所时，天已经完全黑透了。他回到屋里，瘫在炉火边。忙碌的是哈罗，围着他转了一圈又一圈，嘴里发出阵阵焦躁的哼哼声。他摸了一把哈罗，证明自己安然无恙。哈罗出了屋子，嘴里叼着一只被它咬死的野兔摆在他跟前。他愣了一下，立马明白是怎么回事。看样子，哈罗也没有闲着，由于雪太厚，出外觅食的野兔在积雪里根本跑不起来，哈罗不费吹灰之力便擒获了它。看到他满意的笑容，哈罗也兴奋起来，对着他发出一声得意的叫声。他躺了近半个小时，才感到力气重新又回到身体里，他捅旺炉火，掏出莫合烟，但他手抖得厉害，莫合粒子在纸上哗哗作响，他费了好半天劲，才卷好一根莫合烟。他点燃，贪婪地深吸了一口，那浓重的烟雾进入他的肺腑，唤醒的却是更多的力气。他的手终于不再抖了。他吸了两根莫合烟后，便开始做饭。吃完饭，他便躺在了床上。一种沉重的疲惫感瞬间向他袭来，他睡着了。

12

他一觉醒来，已是第二天清晨。他吃完早饭，腰处传递来的隐隐的酸痛再次让他陷入了迟疑。但他很快又打消了这种迟疑。他走进羊圈给羊群抱了几捆干草。头羊用自己的脑袋轻轻顶着他的腿，表达着一种亲密。羊群对他发出咩咩的叫声。但他知道，草原上那些厚厚的积雪只能让羊群深陷其中，现在所有的使命都落到他一个人身上了。

他出了羊圈，收拾停当，再一次出发。哈罗不甘心，对着他的背影发出了吼叫。他不再回头，继续前行。与昨天松散的积雪相比，今天的积雪在严寒下坚实了一些，但踏破表面上的坚实，里面沉睡的雪在他脚踏上的一刻，瞬间醒来，他在深陷中感到雪对他的包裹。仗着充足的体力，他的双腿在积雪里快速划动，他一口气便走出了二里地。当他再次躺在雪地上，微闭上眼睛，突然感觉到什么，他睁开眼，看见一只鹰在半空中盘旋。他猛然坐起，那只鹰凝固不动，就像被焊住了似的。他休息了一刻钟，再次开始启程。在与积雪的纠缠与对抗中，他的腿脚变得越发敏感，当他的左腿陷落到积雪一半的深度时，便向外偏去，那被挤压的雪在对抗中送过来模糊不清的反作用力，他凭借着这微薄的力量，已经迈出了右腿。他的两只脚在迟缓而凝重的积雪中如同两条黑色的泥鳅，寻找着最合适的路径，向前穿梭。他在漫长的跋涉中，在纷扬的对抗中，体会着沉重般的轻快。当他再次躺在雪原上喘息，那只鹰还在他视线里盘旋。

他跋涉到边境线上时，看了看表，与昨天相比，他起码提前了半个多小时。他深深吸了一口气，开始了今天的巡视。那条深深的被积雪覆盖的小道带给他完全不一样的感受，在深陷与包裹的同时，又送出一股奇异的反作用力，他体会着每一颗雪粒在看不见的深处的缠绕、挤压与翻动，整个草原寂静无声，除了他粗重的喘息声，便是脚下那沙沙的跋涉声。当酸痛与疲惫再一次将他放倒在积雪上，他微闭着眼，脑海里空空荡荡，如同此刻的雪原。时间在大地上走，悄无声息，那些散失的力量，如同一道道游魂在雪原上熟睡，又猛然在鹰的凝视下，猝然惊醒，它们慢慢攀附到他的身体，催促着他醒来。他睁开眼，就像天地的精气重新灌满他的肢体，他深吸一口气，微弓着腰，开始了再一次跋涉。

巡视完边境线，不过是正午。他吃完坚硬的馒头，稍休息了一会儿，就开始了返程。他走了不到一里地，沉沉的酸痛与疲惫再次让他双腿发抖。他咬着牙，继续坚持，直到身体里的最后一丝力气被雪原扯得粉碎，他才重新倒在了雪原上。他闭着眼，调息静气，让自己归于虚无，归于短暂的死亡，直到他再次开始跋涉。在艰难的跋涉中，他的意识似散沙般流淌，又似石头般坚硬，在气喘吁吁中，他的脑海里其实什么都没想，他全部的神思都凝固在他的双腿之间，在与雪原的对抗中，他铭记着它的每一次律动，每一次喧哗。他为自己迈出的每一步鼓劲,他把自己绷成一块铁,让钢铁般的意志在雪原上滑行。在那漫漫雪原上,他的跋涉如同泛着太阳光芒的犁铧,开垦着作为一个守护者的尊严与豪迈。

当他走出雪原,天才刚刚暗下来,他走到离住所不到一百米的地方,双腿如同灌满了铅,一步也走不动了,他倒了下去。哈罗跑了过来,用嘴扯动着他的大衣,但哈罗根本拖不动他。哈罗对着他大声吼叫,又伸出舌头舔他粗糙的脸。他伸出手,抚摸着它坚硬的皮毛,证明着自己还活着。哈罗一下子安静下来。他足足又躺了二十分钟,才完成了今天最后的跋涉。在他抽莫合烟的工夫,哈罗又开始摆功,把两只野兔摆在了他的面前。那天晚上,他把两只野兔都炖了。当他给哈罗盛了满满一盆时,哈罗激动得直摇尾巴。他给自己倒了小半缸子苞谷酒。一口酒下去,那液体般的火焰蔓延开来,温暖了他的肠胃,他整个人都松弛下来。喝完酒,他感到四肢通泰,浑身发软,他上了床,躺下,不到一刻钟的时间,便踏入了梦乡。

接下来的日子还是他一个人跋涉的日子。奇怪的是他并不感到孤独。每天的跋涉与巡视对他来说都是一种巨大的挑战,对他体能的挑战。他在体能的临界处,一次次感到自己将倒下,但又一次次顽强地站起来,凭借着激荡而起的潜能,继续着自己的里程。他迈出的每一步,都充满着一种紧张的对峙与抗争,就像在打一场看不见硝烟的战斗。在战斗的每一分、每一秒中,他的神经如同拉满的弓,容不得他去想任何事情,包括孤独。他的身体承受着巨大的疲惫,甚至孤独都离他远去。在那段独自跋涉的日子,他反而感觉不到孤独。

雪接连又下了两场,但与那场大雪相比,实在算不了什么。他虽然每天都筋疲力尽，但他喜欢这种挑战。他一天都没有休息，直到除夕。除夕那天，他终于给自己放了一天的假，像连队里的每家每户一样，他一大早起来，便开始清扫屋子，屋里的尘土太厚，半盆水洒完仍然尘土飞扬，他到外面端了几盆雪撒在地上，接着便用扫帚清扫墙面的尘埃。他看到墙角有一张蛛网，但看不见蜘蛛，他犹豫了一下，最终还是没有扫下那张蛛网。清扫完毕，他开始和面、剁馅。馅是羊肉与胡萝卜，调好馅，面也醒好了，他便开始擀皮。他是山东人，山东人爱吃饺子，他十五岁时便擀得一手好皮，中间厚，两边薄。他最初引起刘爱珍对他的注意便是来的那年的除夕，连队组织大家包饺子。他擀的皮可以同时供应四个人包，纵使如此，他还趁空闲的工夫，捏几个饺子。他捏得饺子圆润饱满，就像元宝。刘爱珍"咦"了一声说，真看不出，你还有这手绝活。刘爱珍的赞许让他的脸一阵通红。此刻，他一边包饺子，一边想着第一次在连队包饺子的场景，他的脸被炉火映得红通通的。包完一簸箕，便拿到屋外冻上。再拿起另一个簸箕，接着包。他包到正午时，起码包了三百多个饺子。中午，他煮了满满一锅饺子。饺子煮好后，他先拨了一些出来，然后再给哈罗盛了一大盘。最后才是自己的。他给自己倒了小半碗醋，夹起饺子蘸上醋放进嘴里慢慢咀嚼着。自从连队撤销后，他一次也没有吃过饺子，饺子与他记忆之中的味道重叠在一起，加剧着此刻的享受。吃完饺子，他喝了两碗饺子汤，收拾停当，便出了门。他顺着连队的西北角，走上二里地，来到连队的那片墓地。墓地不大，也就二十多座坟堆。最醒目的是刘爱珍的坟墓。它立在所有坟堆的最前面。挨着刘爱珍右边稍靠后的是张锐强的坟墓。魏远征掏出装在塑料袋里的饺子，拿出两个盘子分好，放在刘爱珍与张锐强的墓碑前。他坐下来，望着刘爱珍的墓碑，一动不动。往事一点一滴地涌现出来，他的眼眶湿润了。好久，他才挪动到张锐强的墓碑前，继续一动不动。他一直坐到感觉要冻透了，才从刘爱珍与张锐强的墓前离开。

回到住所，他开始清理羊圈，清理羊圈是个费体力的活，那些羊粪混合着羊尿冻得死硬，他用镢头刨了近三个小时才清理出来，他重新铺上干净的麦草，弄完这一切，他拍了拍手，走出了羊圈，身后传来羊群欢快的咩叫声。回到屋里，他感觉有点累了，便睡了一会儿。他醒来后，天已经黑了下来。他开始做晚饭，晚饭照例是饺子。这简直有点奢侈，但今天是除夕，是该奢侈一回。哈罗看见他在煮饺子，尾巴在他的腿间来回扫着。饺子好了，他给自己倒了半缸子苞谷酒。但那缸子苞谷酒他没有喝完，只喝了一半。吃完饺子，他静静地吸了一支莫合烟，他推开了房门。

他向连队的方向走去。等他走到连队，连队仍然寂静无声。以往的除夕，是连队最喧闹的时刻，从下午开始，就响起零星的鞭炮声，到了晚上，那此起彼伏的鞭炮声能映红半个夜空。近些年，除了各种炮仗，连队还兴起了彩珠筒。那彩珠筒虽然声音不大，但却是焰火，那在夜空中散开的焰火无比璀璨，就像是一种奇迹。魏远征从不买，更不放，但他喜欢听，更喜欢看像信号弹一样的彩珠筒在夜空里绽开，绽放出无比绚丽的光芒。第一次看彩珠筒的瞬间，他呆住了，在那个瞬间，他依稀看到刘爱珍那美丽的面孔一闪而过。除夕的夜晚很长，连队的商店要开到很晚。那些放完鞭炮的孩子便簇拥在商店里，看着柜台里堆放的鞭炮与彩珠筒。但他们微薄的压岁钱早花光了，此刻只有眼馋的份儿。魏远征也走了进去。孩子们看到他，其实并不抱什么希望，连队的孩子对少言寡语的他有一种天然的畏惧。他却买了一捆彩珠筒，分给那些孩子。那些孩子拿到手里，仍然半信半疑，他们一哄而散，跑出了商店。没有一个孩子说谢谢，在那个年月，他们还没有这种表达。魏远征也慌忙跟了出去。孩子们更急，立马点燃手里的彩珠筒，那一刻，魏远征简直看不过来，心里满是美好的期待与莫名的向往。

　　走在寂静无声的连队，他的耳边仍然响起了那喧闹的鞭炮声，在恍惚中仍然看到夜空中绽放的美丽焰火。一阵寒风吹来，吹落了他的记忆，连队显得更加寂静与清冷。他推开了老田家的院门。老田家的厨房已被冬天的雪压得坍塌了一半，在寒夜里显出完全颓败的迹象。凄凉一点点扩散到他身体里，他猛打了个激灵，就像要把那种伤感逼出体内似的，他大声说，老田，过年好。连队过年有着相互串门的习惯，无论谁来拜年，那都表示着一种美好的祝福。如果来的是孩子，那必抓上一把平日里稀罕的糖果，如果是大人，那必留下来吃酒。连队的人在过年那段日子一律变得大方而奢侈，同时也变得格外的和善与宽容。那段日子，关系好的人家更加紧密地联系着感情，纵使相互之间有矛盾的人家，那些日子也是化解症结的良机。门一开，看见来的人手里的点心，只能赔着笑脸，进了屋，上了炕，说上几句祝福的话，气氛便显得格外和谐与温馨。来的人想走，那是走不脱的，必须要吃、要喝。酒虽辛辣，但进了体内，激起的都是豪情与洒脱。在酒精的作用下，心里的愧疚挡都挡不住，登门的一方开始主动检讨自己的小气与不是。被动的一方几乎在瞬间原谅了对方，也说自己的原因起码占了大半。一场酒下来，临出门时，已经勾肩搭背，难舍难分了。

纵使性情看似孤僻的魏远征在过年的日子也变得温和了许多。除夕的那晚，一般都是在老田家过的。大年初一开始，便有人陆续到魏远征屋里坐坐。他话不多，但摆的都是硬货，兔肉、羊肉、鸡肉、牛肉，样样俱全。并且魏远征没有那么多礼数，根本不在乎别人手里拿不拿东西。孩子们麻着胆子，敲开魏远征的房门说，魏叔，我们来给你拜年。他的脸仍然僵着，让孩子站在门口不知进退。他在屋里转了一圈，才发现根本就没有任何糖果，他索性给孩子们一人发一张钱，并且都是大钱，不是一块，就是两块。在那个年月，过年的孩子能讨个几毛的压岁钱都是惊喜。来拜年的孩子一个个迟疑不已，生怕他后悔似的，转身便一哄而散。

除夕的那天夜晚，魏远征把每家每户都走了一圈，在每家每户那清冷的院落里喷上一口热乎乎的白气，再走进屋子里看一看，临走出院门时，嘴巴哆嗦一下，像说着什么。走完最后一家，已是凌晨两点，那夜的风很硬，更是冷得出奇，他却一点都不觉得，身体里像点着一堆无形的炭火。来到连队的那棵大榆树下，他久久望着那块沉默的铁。但他最终没有敲响。

大年初一早上，他在往常的时辰醒来。他先去了羊圈，羊群围着他发出亲切的咩叫声。他多抱了一捆干草，就像是新年的礼物。羊群低下头吃草，他听着羊群发出的咀嚼声，心里有一种奇异的温情。

他收拾停当，开始了新的一年的第一次跋涉。哈罗不再追随着他，只是站在原地，眼神里泛着一种莫名的光。或许是新年第一天的缘故，他的双腿显得矫健与轻快，他一口气在雪原上走了近两公里的路途，才渐渐让酸痛撵上。那种酸痛也是崭新的，好像他的记忆已经将酸痛的阴影完全埋葬，只带给他一种新鲜而亲切的体验。他躺在积雪上，望着天空，天空蓝得醉人，就像是最初的天空，一只鹰在他视线里驻足，如同一枚黑色的钉子，钉在天空的幕布上。太阳也是新鲜的，反射着积雪泛着令他目眩的白光。但那白光也是新鲜的，他锐利的目光早已适应了它的强度，只感到一种柔软的弥漫。当新鲜的力量再一次注满他的腰腿，他又开始了跋涉。

当他来到边境线边，在那条看不见的小道上巡视时，隔着厚厚的雪粒，小道如同无形的小锤在击打着他的脚掌。他的脚底感到发痒，一直痒到心里。他的嘴角向上扬着，一种轻快的喜悦恍若在他前方一米的地方跳跃，他向着前方前进。七里的边境线，他只休息了两次。他吃过午饭，便开始了返程。返程的路显得有些沉重，但沉重对他来说也是崭新的。他体验着那沉重的倦怠，心情仍然感到愉悦。当沉重混合着酸痛慢慢睡去，他又开始了崭新的跋涉。

当他走出雪原，再一次被筋疲力尽击中，他躺着不动，就像迎合着短暂的死亡。但短暂的死亡过后，一股生气重新在体内生长，催生着崭新力量的诞生。他一口气走到了住所。哈罗向他奔跑过来，把一口热气喷在他的脚面。他回到屋里，静静地抽了一支莫合烟，感到体内一种东西又开始茁壮，他感到惊奇，更感到兴奋。他带着哈罗出了门，在野兔出没的雪地上转悠，他觉得不出太大的问题，哈罗一定能给他带来惊喜。还果真是惊喜，一只野兔在厚厚的积雪上跳跃，哈罗像一支离弦的箭蹿了过去。野兔感觉到危险，拼命跳跃，但它的跳跃，显得如此笨拙，被哈罗用爪子摁在了雪地上。哈罗好像知道野兔逃不过它的掌控似的，又松开了野兔，野兔嗅到了一丝生机，向前跳去，但野兔再次陷进积雪里，哈罗一个虎跃，又重新把野兔玩于股掌之中。他津津有味地看着哈罗玩着猫捉耗子的游戏，不禁哈哈大笑起来。他的笑声让野兔受到了刺激，更感到绝望，当哈罗再次松开它时，它卧在那里，一动不动。

第二章

1

在不知不觉间，草原上的雪矮了下去，那是草原上春天的脚步临近的前奏。寒冷在溃败前仍然是一副冷峻的嘴脸，尤其把早晚守得很牢，但到了正午，它崩不住了，在太阳的照耀下，雪一点点融化，陷落。他还是一个人巡视，羊群要等到积雪完全消融时，才会加入他巡视的队伍。魏远征的脚印落在雪原上形成了一个个雪窟窿，他只要沿着那一个个雪窟窿便能完成较为轻松的跋涉。由于少了激烈的对抗，他的神经松弛下来，体力也退回挑战的边界，他感到了时间变得缓慢，在跋涉的途中，他被一种无趣而单调的情绪困扰。当路途变得越来越轻松，那种根深蒂固的孤独便向影子般追逐他不放。他早上出发，回到住所，太阳还没有完全落山。他带着哈罗在雪地上下完套，天还没有完全黑透。他吃完饭，静静地抽着莫合烟，他望着那缓缓升起的烟雾，几乎感觉到时间完全陷入凝滞。他透不过气，便出了门，在黑夜里行走，一直走到连队。连队在寂静中扩散出的一种黏稠的黑色，恍若它是夜的最深处。在迷茫中，他推开一个又一个院门，但那每家每户竟然显得那么陌生，在陡然间，他想不起任何一个姓名，记不起任何一段往事。连队就像是自己的迷宫，完全吞噬掉本该属于他的记忆。他内心陷入迷狂，他在黑乎乎的风中，大声说着什么。但他的声音并不是属于他的，就像一个陌生人在向他示威、争辩。他心里不由得一阵狂喜，细细聆听着一个陌生人带来的悸动。他住了嘴，陌生人便也消失了。在更深的寂静中，他甚至怀疑自己是否真的存在，他狠狠揪了自己一把，但他甚至感觉不到疼痛。他奔跑起来，耳边是风的声音，更是寂静的声音，他一直跑到连部那棵大榆树下，他拿起那块铁条，疯狂地敲响，钟声传来，他听着沉闷的钟声，却觉得像从上个世纪传来。

  从冬末到初春，魏远征就像被一道神秘的符咒禁锢了似的，他几乎丧失了任何新鲜的感知。每天的跋涉犹如一种本能，他走在冰雪相互包裹的草原上，每一脚下去，雪窟窿里便传来奇怪的声响，他无法准确地形容那到底是什么声音，既不是深陷在雪里的沙沙声，更不是踏入冰面的吱吱声。那种含混不清的声音，严重影响了他对周围一切的判断。他喷出的白气让他的视线受阻，就像隔着什么，纵使那传递过来的酸痛竟也完全不属于他的。那种迟缓的酸痛就像寄居在他身上，他驮着它，却无法看清它的来历与归属。酸痛敲打着他的神经，他迈着习惯性的步伐竟然还可以继续。当酸痛蜕化成沉痛的疲惫，他躺在雪原上，更像是另一个人躺在那里。他去了哪儿。他在记忆里找不到自己，更从周围冷峻的环境里捕捉不到自己一点生命的活力与蓬勃。

  当他顺着边境线走在那条被冰雪仍然完整覆盖的小道上，本属于他的那份荣耀与使命竟然也变得稀薄起来，他走在上面，几乎没有任何声响，更没有任何重量，他就像一个纸片似的，在每一阵风中瑟瑟发抖，那条小道在他微薄的意识中被无限拉长，他如同受刑般感到来自内心的疲惫与煎熬。他走上不到五百米，便气喘吁吁。他像一个黑点般在天地之间一点点挪动。当他走完边境线,腰腿并没有传送过来沉重的酸痛与疲惫,但他瘫软在了雪地上。那一刻,他望着那茫茫的雪原,望着灰蒙蒙的天空,几乎丧失了活着的全部意义。

那天,他从草原上回来,扭头望了一眼西面的太阳,太阳泛着灰白,沉浸在自我的虚空中,他感受不到来自它一丝一毫真实的光。路过连队时,连队在他的视线里急速向后退去,在一片片黑色中凝聚成一个黑点。他离住所越来越近了,哈罗向他奔跑过来,但奇怪的是,它突然站住了,望着目光虚空而失神的魏远征。它尝试着走近,在他身上嗅着什么,哈罗又突然跳开,离他足有两米远,对着他狂吠起来。哈罗的叫声让他困惑,好像他不是它的主人,带着一种陌生的气息似的,更像回来的是他自己的一缕游魂。哈罗还在叫,就像要把他从一场梦境中叫醒似的。他晃动了一下自己的脑袋,但那种沉闷还在,空洞还在,他上前,拍了拍哈罗的脑袋。哈罗安静下来了,但它的腿在抖,目光里有着惊惧般的忧心忡忡。

他回到屋里,哈罗也跟了进来,但它始终离他有一定的距离,用脑袋抵着桌角,就像要把自己完全掩藏起来似的。他点燃一支莫合烟,灰暗的烟雾升腾起来,他还是被什么死死压在身下,在窒息般的空间里,他听到一阵咳嗽声在屋子里回荡。

他出了屋子,哈罗继续迟疑着跟了出来。他打开羊圈,走了进去。头羊望着他,目光仍然平静而沉着,羊群也在看着他,目光仍然从容不迫。两只小羊向他奔跑过来,望着他,鲜嫩而明亮的眼神如同世界最初的色彩。他颤巍巍的手向其中一只白色的小羊拂去,小羊昂起了头,叼住了他的食指,吮吸起来。一阵酥痒传来,如同电流窜遍全身，他哆嗦了一下，终于感觉到他自己生命的悸动。他过去，用一只颤抖的手抚摸着一只又一只羊，羊感觉到他亲切的碰触，用头顶着他的腿，并且发出欢快的咩叫声。他摸到头羊时，头羊仍然不为所动。它站在那里，目光里的沉静却如同大海般宽广。他第一次感受到了羊群那蕴含着的平静的力量，它们就像圣洁的天使般带来了一丝悠远的向往。他突然羞愧得厉害，更是觉得自己的卑微。他感到了一种委屈，他开始号啕大哭起来。他的哭声让哈罗蹿进了羊圈，但哈罗只是望着他，并没有走近，但它的眼睛里也流出了一种透明的液体。安静的还是那些羊群，它们听着他的哭声，听着棚顶的积雪扑簌簌落下，咀嚼着嘴边的干草。魏远征哭完，整个人轻松了许多，就像从一层厚厚的茧中挣脱出来。羊圈里那混合着羊粪与干草的气息进入他的鼻腔，并在肺腑里弥漫，他继续深深吸着，竟然感觉是那么的真实。他走出羊圈的瞬间，天空像块黑布似的落了下来。望着无边无际的黑，他更觉得是他把体内的黑色逼出来似的。

吃过晚饭，他上了床，把收音机抱在怀里，听着外面世界发出的声音与信息。那些歌声在屋里回荡，他的意识也跟着在屋里回荡，相声、大鼓、广播剧、晚间新闻，如同一个个演员，轮流登台，但他并不是观众，在外面世界声音的传播中，他更像一个平行的怪物，无法融入，更无法定格自己的所在。

草原的春天是漫长的。虽然已是三月，但草原上的雪完全融化起码要到四月初，或许更久。他看着积雪一点点矮下去，表面的部分在阳光的照耀下，已经融化成一层冰壳，但一脚下去，里面还是沙粒般的雪。寒冷也仍然刺骨，他每天的跋涉便也在冷暖之间交替。草原沉默得厉害，他踏下去的每一脚，那奇怪的声响就像是草原一次陌生的心跳，一只鹰在他的视线里盘旋，他弄不清是不是那只曾经出现过的鹰。虽然有着相似的体积与大小。当他来到边境线，望着那一个个已经变成黑色的雪窟窿，心里便有一种奇怪的异样。他顺着那一个个黑色的印迹，一步步向前，那种异样的感觉便越发明显，就像他今天的行程不过是昨天的重复似的，更像是以后岁月的定格。他走了不到一里，便觉得烦躁，就像一把锉刀在一点点锉着他的神经。他把左腿从雪窟窿里拔起，不再顺着过去的足迹前行，而是又重新踏出一个雪窟窿。那种深陷般的沉重与拉扯几乎让他又找到了冬天最初的记忆。他就像与心中升起的执念对抗似的，他踏上了一条全新的路，在边境线上重新留下了一串串雪窟窿。他回头望着那些新鲜的脚印，心里得到了一种满足。但不久沉沉的酸痛像从梦中醒来似的，摇晃着他的腰际，他细细体会着酸痛带来的每一丝身体的变化，直到疲惫毫不客气地把他放倒在雪原上。他望着天空，希望从天空里发现什么。天空里堆积着乌云，就像一块又一块积雪，但那些积雪在他的视线里缓缓流动，变幻出各种动物的形态。他长久地看着，直到雪地上的冷钻入他的骨骼，他才重新开始跋涉。

　　当他巡视完边境线，他品尝到了第一场大雪时的艰辛。但那种艰辛带给他的是一种挑战。他的返程便也是崭新的，他完全摒弃掉过去那些足迹，而是顺着大致的方向在雪原上穿梭。他每踏碎一层薄冰，便在深陷中发出"嗵嗵"的响声。他听着那些响声，就像是他的体力在发出沉闷的嘶吼。走了不到二里，他再一次筋疲力尽，他望着天空，天空的云朵还在流动，就像永不停歇的一股原始动力。一只鹰再次进入他的视线,它黑色的翅膀鼓动着无声的气流,就像另一个自己在高处凝滞不动。

2

从三月的下旬开始,他每天出门第一件事便是看着那仍然被积雪覆盖的一条土路。顺着记忆的脉络,那些土路在积雪下显形,它从他的住所先是向东延伸,然后又是向南,最后又是向东,形成一个"之"形,最后便消失在目光尽头。但他知道那条土路的尽头通向裕民县城。县城他只去过一次,多年前,他去县城看望住院的张锐强。张锐强是由于得了急性阑尾炎被送进了县城医院。但那时只有马车,七八十公里的路,马车在连队马夫拼命的驱赶下,几乎跑了一天。他被送进医院时,几乎完全穿孔,可以说得上从死神那里捡回了一条命。看过张锐强,他去了县里的马扎市场,给刘爱珍买了一个小镜子。刘爱珍的镜子碎了,被她用胶布勉强拼凑成一个整体。他去县城前,问刘爱珍需要给她带什么时,她正在和连长赌气,连长只批了他一个人去看望张锐强。她没好气地说,我什么都不要。说完扭身便走。那个小镜子镶着民族风格的图案,看上去非常别致,他还给刘爱珍买了一盒雪花膏。从县城回来,当他把这些东西给刘爱珍时,刘爱珍一点没掩饰自己的喜欢,甚至发出了一声尖叫。但尖叫过后,她又想起了什么,就像要找个撒气筒似的,她冷哼一声,再次扭身而走。

此刻,他回忆着刘爱珍那故作冷淡的神情,还有她欢快的背影,心里泛出了一股久违的甜蜜。也正因如此,他对裕民县城充满了一种莫名的感激。然而现在，他心里最大的企盼便是从县城里再次驶过来一辆马车，那辆马车在一天的奔跑中，气喘吁吁地停在他的住所边，最后从马车上下来他期待已久的老田。老田曾经给他说过，等到积雪融化后，他会再来看魏远征。老田是个守信的人，他完全不用担心。他那句承诺就像一颗种子似的，深深种植在魏远征内心深处，在积雪一点点融化时开始生根发芽。

当他一个人在孤独中坚守，他才知道他是多么渴望人的出现。由于内心怀揣着巨大的期盼，身边的日子便变得越发难熬。他每天都要察看那条通向外面世界的土路，看上面积雪融化的程度，积雪确实是变矮、变薄了，但还是一片白色。老天就像是在体恤他似的，接连两天天气在快速回暖，到了中午，雪原上的积雪泛着漫天般的水色，到处都是融化的声音，他的内心也被融化了，在暖洋洋的阳光下，他眯着眼，身体里滋生着一种欢快的喜悦。当一处草上的积雪坍塌下来，带来一丛小小的声响时，他几乎瞬间都能捕捉到。但让他没想到的是，到了第三天，气温又一下子骤降了将近十摄氏度，整个雪原的表面都结成了一层厚厚的冰。那条土路更是，在冷峻的日光下，表面的冰层泛着黑色的光。这样的土路，马车想过来，那简直是痴心妄想，不光马站不稳，弄不好还会折断马蹄。魏远征不禁恼羞成怒，这样的冰层只会更加延缓融化的进程，他觉得老天存心在戏弄他，怀中的那股怒火越积越大，他对着天空大骂起来。他其实不善于咒骂，过去顶多骂出个"他妈的"，但连队女人的骂架他是听过的，遇上积怨深的，便什么狠骂什么，什么毒骂什么，尤其是连队吕家的婆娘，是连队有名的泼妇，骂出的话像一根根毒针，让人头皮发麻，脑袋轰响。而那一刻，他就像是吕家的婆娘附身，他对着天空发起了诅咒。他的诅咒声完全把哈罗吓坏了，他骂一句，哈罗便向后弹跳一下，他再骂一句，哈罗又向后弹跳一下。他毫无停歇的架势，嘴边起着白沫，而哈罗彻底失去了踪影。

诅咒也是一件格外辛苦的活，他终于住了嘴，双脚一软，瘫在地上。他喘着粗气，但神志在慢慢恢复清醒，回想起刚才的一幕，不禁羞愧万分，他这是怎么啦，难道是由于在这空旷的天地就他孤独一人，便可以不管不顾。他恨不得把脑袋塞进裤裆里。他慢慢站起来，就像捡起了羞耻的外衣，他的脸涨得通红。哈罗慢慢靠近过来，眼神里明显有着畏惧与胆怯，就像在看一个怪物。他的脸一下子又变得惨白。

但内心的煎熬与焦虑仍在，随着天气又一点点转暖，他几乎无法对抗那种漫无天际的虚空与孤独。就像是黎明前的黑暗似的，每一天的跋涉也变得万分艰难，虽然他厚重的毡筒在冰雪之间有着强烈的附着，体力也得到了极大的缓解，但那地面上的冰雪就像是一种强力胶牢牢黏住了他的鞋底，他每一步都显得举步维艰，他几乎挪不动自己的身躯。纵使走在边境线上的小道上，脚下仍然虚浮无力，他嘴里不自觉蠕动着，就像在说服着自己什么。

那天，他走出草原，整个脑袋一阵阵发紧，其实那天的黄昏并没有风，但一种无形的风在吹动，像要把他的意识连根拔起。他回到住处，吸了一支莫合烟，那种无边的压抑感仍然无法消除。他从屋里出来，向连队的方向走去。穿过连队时，他站住了，望了一眼黑洞洞的连队，又继续向前走，他穿过连队，来到西北角。他远远便望见了刘爱珍的坟茔。到了跟前，他坐下来，望着墓碑上鲜红的字迹，一遍遍回想着什么。但奇怪的是，他越回想，关于刘爱珍的一切变得越模糊。他心里焦急起来，捶打起自己的脑壳，但他的记忆完全就像锈住了似的，她甚至连刘爱珍的相貌都无法清晰地记起。他感到了致命的恐惧，觉得自己陷入一种可怕的记忆盲点。他又坐到张锐强的坟茔前，望着那鲜红的字迹，希望能带给他一丝新鲜的记忆。但透过斑驳的记忆，关于张锐强的一切成了一堆碎片，他无法进行完全的复原。他大声地呼喊着张锐强的名字，像要把他从坟茔里叫醒似的。但回答他的是空空荡荡的风声。他绝望了，在深沉的黑夜里再次放声大哭。"远征。"一种声音突然响起，带着一种忧思，更带着一种痛惜。他整个人都呆住了。他凝神在黑夜里聆听，希望那种呼唤再次响起。他隐隐在空气中嗅到刘爱珍那永恒般的气息。"远征。"一声响亮的呼唤再次响起，带着一种爽快，更带着一种亲切。他又隐隐嗅到张锐强那带着一股强烈男性青春的气息。当一阵夜风再次吹来，便吹乱了他全部的迷狂，只有他的胸脯在剧烈地起伏着，就像那些臆想是从那里升腾而起。

  草原上的雪已经完全消失，冰也越变越薄，一脚下去，一股泥土的黑色翻涌上来。那天早上，魏远征收拾停当，便带着羊群踏上了征程。从他进入羊圈，羊群便从他的眼神里捕捉到什么，他没有给它们抱来干草，而是把羊圈的门大大地打开。羊群迟疑地望着那敞开的门，就像看到了一个它们向往的世界。头羊发出了一声欢快的咩叫，羊群瞬间便被点燃，欢快的咩叫声此起彼伏。不用头羊带领，更不用他来催促，羊群互相拥挤着出了羊圈。羊群的脚步明显有些迟疑，它们望着那条熟悉而陌生的路，腿有些打战。唯一保持着平静的还是那只高大的头羊，它默默地走在了最前面，开始了春天以来的第一次引领。哈罗也显得极其兴奋，毕竟这是它今年第一次跟着魏远征出征，像是为了宣告一种启程，它跑到最前面对着草原发出阵阵吼叫，然后突然转过身来，对着羊群也发出了阵阵吼叫。魏远征跟在最后，他知道今年羊群的跋涉早了几天，但一个人的跋涉实在太孤独了，他需要它们的共同陪伴。

土路上的冰虽然已经很薄了，但由于紧紧附着，还是带着一份坚实，羊群踩踏上去，冰面发出"嘎吱"的声响。但当羊群没入草原，在枯草的阻隔下，冰处于半悬浮状态，羊群尖细的四蹄踏碎冰面时，就像一张张嘴咀嚼着那层薄冰，发出清脆而洁净的"咔嚓"声。羊群低下头，像一片白色的云在草原上蔓延，它们咀嚼着那一丛丛枯草，间或发出阵阵欢快的咩叫声。头羊边吃边向边境线走去，几只不到两岁的羊由于被关得太久，沉浸在漫无边际的啃食中，慢慢脱离了队伍。哈罗也处于一种兴奋的状态，它表现的更像头羊，在队伍的最前方撒着欢跑。当它猛地停下，注意到那几只掉队的羊，这才意识到自己的职责。它对着掉队的羊发出阵阵吼叫，那几只掉队的羊已经被草原上开阔的气息熏得晕晕乎乎，继续慢腾腾地走。哈罗火了，奔跑过来，露出炫目的白牙便向羊的腿部咬去。掉队的羊吃了痛，发出阵阵惨叫，疾跑着向队伍回归。真正显得像局外人的是魏远征，他望着眼前的一幕，心里有一种说不清的滋味。

当到了边境线，头羊带领着羊群开始了巡视。魏远征照例走在队伍的最后，他更像是一个看客，跟随着羊群，看着它们履行着自己的使命。在巡视的途中，总有个别年轻的羊从队伍里脱离出来，去啃食小道边那些蔓延过来的枯草。但它们明显学聪明了，啃上几口，便快速跟上队伍，走上没几步，再次开始短暂的逗留，留恋着那一丛丛嘴边的枯草。泪水慢慢充盈着他的眼睛，他再次被这群生灵感动。当泪水流过他冰冷的脸庞，他突然又觉得羞愧，他一直以为自己是个坚强的人，不过一年的工夫，他竟然变得如此善感而脆弱。

到了晌午，太阳变得热烈起来，整个草原上的薄冰都开始融化，那满目的水色在阳光的折射下变得格外晶莹透亮。一处骤然发出的"扑扑"声，魏远征不用回头，便知道那是草尖上的薄冰跌落的声音。魏远征知道，只有到了黄昏时分，太阳才会完全失去热度，在黑夜的侵袭下，那些漫延流淌的水才会再次凝结成冰。陷入癫狂的是羊群，没了薄冰的阻碍，那些漫天的枯草在阵阵微风中颤动着，吸引着羊群的视线。羊群变得贪婪起来，快速从一丛枯草移动到另一处枯草，它们只啃食枯草最细嫩的部分，就像在打一场"游击"。在羊群的践踏下，草原深处黑色的泥土被翻腾出来，留下点点黑色的印痕，而羊群的蹄子上也沾满了黑色的泥浆。那弥漫的羊群彻底改变了草原春天的色彩。还有那被羊群践踏过的枯草，到了初夏，总是长得最茂盛的，也最先开出或粉或紫的花朵来。

魏远征没有带领着羊群进行第二次巡视，体内一种东西在无形地催促着他。他虽然觉得可能性不大，但还是服从了那种催促。当太阳向西面行进，他便开始催促羊群向住所的方向返程。头羊听到他的鞭响，抬起头来，嘴被水色沁润得红里泛白，它的目光仍然平静而沉着，但凝滞不动的体态表明着它内心的迟疑。它不动，羊群便也不动,一两只羊甚至完全无动于衷,继续低头吃草。哈罗好像也没有疯够,它也望着魏远征,分辨着他真实的意图。他手里的鞭子再次响起。哈罗完全清醒过来,它对着头羊发出了吼叫。头羊迈开了步伐,开启了归程。羊群也慢吞吞地紧随其后。当头羊走出草原时,它回头望了一眼身后的草原。羊群也站住了,也回头望了一眼重新萌发生机的草原。到了住所,他把羊圈的门打开,羊群站在门口却不愿意进去。他不作响,只是望着留恋旷野气息的羊群。哈罗急了,发出阵阵吠叫。头羊动了,走进羊圈,羊群便鱼贯而入。魏远征关好羊圈的门,便来到住所东方的那条土路上。他蹲下身子,卷了一支莫合烟,慢慢地吸,烟雾升腾起来,他透过烟雾望着那条土路。在夕阳的照耀下,那条土路上静泊的水,如同一面镜子反着最后的光亮,但在那条土路的尽头,没有任何马车的出现。他蹲在那里,一口气卷了五支莫合烟,直到口舌被辛辣的莫合烟熏得麻木,更麻木的是他的双腿,当天完全黑下来,他却站不起来了,身子一歪,倒在了地上。

  清明那天,他给自己放了一天假。他拿上铁锹和半麻袋烧纸、鞭炮还有一些吃食便向连队的方向走去。烧纸是老田上次带来的,还有一挂一千响的鞭炮,过年时,他本想拆下一半,炸出一年的福气,但最终还是没有舍得。他来到连队的西北角,最先迎接他的还是刘爱珍的坟茔。他拿起铁锹对高高的土堆进行了重新整理,直到坟堆散发出新鲜泥土的气息。修缮完坟堆,捡去墓碑前的枯枝与杂物,又用毛巾把墓碑细细地擦拭了一遍,再摆上带来的吃食,最后开始烧纸。黄色的纸燃烧着,泛着点点光片,就像是他沉默而炙热的言语。纸燃尽了,最终成了一丛小小的灰烬,一阵风吹来,灰烬四散飞扬。"远征。"他隐隐听到刘爱珍发出的痛惜般的呼唤。他的眼泪瞬间落了下来。

他没在刘爱珍坟前坐太久,便来到张锐强坟前,把刚才的程序又一丝不苟地重复一遍。当烧纸再次燃尽,四散飞扬开来,他又听到张锐强那散发着青春气息的亲切呼唤声。他身子一颤,泪水再次打湿了他的脸庞。

他同样没在张锐强坟前作过多停留,他还有更多的人要去祭奠。兵二连的坟堆有二十多处,兵二连撤销了,兵二连人最放心不下的便是自己逝去的亲人。他们听说魏远征要一个人留下坚守,在敬佩的同时,便委托他清明的时候帮着上坟、祭奠。他没有二话,爽快地答应下来。那些委托他的人,信得过他的承诺,心里更是充满感激,临走时,把魏远征可能用得着的东西都留给了他。

魏远征来到刘爱珍身后的那座坟茔。他看着墓碑上的字迹,不由得顿了一下。墓碑上刻着两行并列的字,一行是对爱妻的铭示,另一行是对爱子的铭示。也就是说,这一个坟茔里埋葬着母子两个人。他很快便想起那个所谓的爱子并没有出生,临死时仍然在母亲的腹中。死去的母亲是二排排长的女人,他的女人难产,连里便派马车紧急往县城送。但还没有送到县城,他的女人便大出血死在了路途。当噩耗传来,兵二连的人无不悲痛万分,但这也是没有办法的事,这就是兵二连光荣的地方,也是他们为了坚守边境必须要付出的代价。最让人心痛的还是排长,女人死后,他整个人都空洞了,那张失魂落魄的脸挂着一层死灰,瞅一眼,让人心痛不已。立坟时,排长执意要把爱子的名字也刻了上去。排长有事没事便来这里看望自己的妻子与孩子,连队的人经常看到他从西北角回来时一脸的痴呆。连队的人和他打招呼，他也不理，就像沉浸在另外一个世界。他的女人死去两年后，他在放牧的途中，遭到狼的攻击，被狼咬断了脖子，壮烈牺牲。兵二连的人察看过事故现场，几乎没有搏斗的痕迹，排长是侦察兵出身，他怎么会轻易被狼袭击。连队有的人叹息着说，一定是他恍恍惚惚放松了戒备，着了狼的道。还有的人说，排长是太想念那死去的妻儿了，想早点和他们团聚。母子旁边的墓便是排长的。这两座墓也是连队唯一没有人拜托他照顾的墓。纵使被烧死的那几户人家，都有血亲在连里。而唯独排长一家和连队的人没有任何血亲。也正是由于没人委托他，魏远征对这两座坟格外用心，就像对待刘爱珍与张锐强。烧纸时，他给排长妻儿的坟多烧了几张纸，毕竟那里面埋着两个人。虽然其中一个并未出世，但这也算是对排长最好的祭奠。

魏远征对待连队所有的坟墓几乎一视同仁，没有一丝懈怠，到了中午时，他不过祭奠了三分之一。他没有吃任何东西，并且感觉不到饿，他心里有一股真气在涌动不止。等他祭奠完连里所有的坟茔，天已经完全黑下来了。体内那股真气，在一丝一缕地散去，他又累又饿，但他并没有着急回去。他坐在刘爱珍的坟前，抽着莫合烟，陷入漫长的思念中。

接下来的一个星期，草原上的冰在正午时融化成水，到了夜晚又重新凝结成冰，但冰变得越发单薄，如同一张纸铺在原野上。住所前的那条土路也是相同的命运，每天放牧归来，蹲在路上卷莫合烟成了他的必修课，直到天黑下来，直到他确认路的那头不会有老田的出现，他才郁郁寡欢地回到屋里做饭。

3

那天的晌午,悬挂在高空的太阳又白又亮,挟裹着一种非凡的热力泼洒下来,整个草原都变得热气腾腾,那升腾起来的雾气在草原上弥漫,一里之外看不见任何别的东西。魏远征吃完午饭,就像陷入一场迷雾之中。但他一点都不感到迷惘,恰恰相反,这种迷途般的感觉让他心里舒坦,并且那种希望变得越发明确与清晰。

晌午刚过,他突然一阵莫名的心慌。他预感到什么,他远远望着草原那边的土路,虽然除了仍然坚挺弥漫着的地气,他什么也看不见,但一种东西变得更加确定。他手里的鞭子突然响起。头羊感到莫名其妙,它扭过头来,那平静的目光仍然沉着。羊群更是觉得那声鞭响像是某种虚念,在迷雾中显得那么不真实。他手中的鞭子再次响起。哈罗瞬间从迷惑中挣脱出来,它对着羊群开始了吠叫。头羊清醒过来,它慢吞吞地开始了返程。羊群更不情愿,它们的步伐更慢,近一百米的队伍拉长到两百米都不止。他手里的鞭子第三次响起。哈罗完全体会到他的焦虑,跑到队伍的后面,咬着落在最后的羊脆薄的耳朵。羊发出惊惧的咩叫声,让别的羊也产生了惊惧。不到五分钟,细长的队伍重新变得粗壮,而头羊的步伐更是轻快而又坚定。

魏远征驱赶着羊群走出草原时,比昨日整整早了一个半小时。头羊站在草原边上,平静的目光里流露出一丝留恋,它扭头望着草原,发出了一声咩叫。它的情绪瞬间感染了羊群,羊群也扭过头来,对着草原发出阵阵咩叫。但它们的咩叫让他更加心烦意乱,就像是为了打消什么念头似的,他手中的鞭子再次响起。头羊带领着羊群向住所走去。到了住所，他急慌慌地把羊圈的门完全打开，羊群进去后，他飞快地关上，便向那条土路走去。

那条土路仍然弥漫着雾气，更远的地方什么也看不见，现在离太阳落山起码有一个小时。他倔强地站在土路上，继续向远方望去。在他固执的凝望中，气温开始下降，地气不再上升，弥漫的雾气也慢慢散去，远方变得清晰起来，但那条土路上仍然空空如也。

太阳落山了，整个草原陷入一片昏沉。但他的触觉变得格外清晰，聆听着草原上一切的声响。但真正的触动却来自脚下，他的双脚像另一对耳朵，聆听到了大地深处传来的细微震动。为了证实那种细小的震动不是来自他的幻觉与臆想，他趴在地上，把耳朵紧紧贴在地上，地上的污水瞬间便浸透了他的耳朵，他毫不在乎，只是屏心静气地捕捉着任何一丝一毫的震颤。那种细微的震颤声在他的耳廓里扩散开来，就像一丝细微的心跳，他整个人一颤，恨不得把耳朵埋进泥土里。那种震颤声变得越来越清晰，也越来越强烈，他激动得简直无法呼吸。他不满足听到那种震颤，他站起来向远方望去。果然，一个黑点在远方的土路上出现。他用手背擦了擦眼睛，那个黑点还在，并且变得越来越清晰，也越来越大，最终显现出一辆马车的轮廓来。他哆嗦起来，向前猛走几步，又突然退了回来。

当马蹄的奔跑声更加凶猛地敲击着地面，他简直受不了这世界上唯一的声音，他喘不上气，更无法呼吸，在强烈的窒息中，他突然蹲下身子，开始了呕吐，但他什么也没有吐出，除了几口酸水。但他的呼吸变得顺畅起来，整个身子在发软、变轻。当马车在他的住所前停下，他整个人像被完全抽空了似的，被一种巨大的幸福彻底吞没。

老田从马车上下来，对着痴呆呆的魏远征大叫了一声。魏远征的耳朵像哈罗一样抖动了一下，但他站在原地不动，眼睛死死盯着老田，好像他只要稍有举动或表示，老田就会彻底消失了似的。无比活跃的是哈罗，它围着老田上蹿下跳，那股亲热劲，就像老田是他另一个主人。老田在暮色里向他走了过来，脚步发出嗵嗵的响声。他重重拍打着魏远征的肩膀，处于极度虚弱之中的魏远征的身子晃动了一下，并像纸片似的开始了抖动。老田的到来就像摄取了他的全部魂魄，他整个人都处于一种麻木不仁与被动状态。老田给他带来了半马车的生活用品，并且大部分都是兵二连的人送来的，表示对他的关怀。老田指着马车里的东西，告诉他一个又一个连队人的名字时，他整个人就像锈住了，看不出任何表示。他的木讷与沉默并没有引来老田的任何疑问。当老田把一大堆生活用品从马车上递给他时，他才缓过一丝神来，上前一步，接在手里。他和老田搬完生活用品，老田便把马从架辕里解放出来，拴在了羊圈外面的一根木柱上，然后又抱来一捆干草。他只是机械地跟着老田，看着木柱上的枣红马打出一个响鼻。

老田果真更像是这里的主人。他收拾停当，便开始回屋做饭，看到屋上摆的兔肉，老田毫不犹豫地全部炖上，并且打开了自己带来的风干马肉。魏远征缩在一边，处于一种僵死状态。当然，僵死的只是他的表面，他的眼睛一错不错地盯着老田，注视着他的一举一动，好像要把老田的整个人形都再次刻进脑海里似的。老田的嘴不停，说着连队在县城的近况，他听得仔细，更觉得了然于心，他对于老刘家的婆娘与老吕家的婆娘再起纷争，一点都不觉得意外，过去的梗放在那里，她们的脾气与性情也放在那里，一切不过是等待合适的机缘罢了。魏远征最贪婪的是他的鼻子，他拼命制动着，像要把老田身上那股鲜活的气息全部吞噬掉似的。那种气息在他的肺腑间回荡，他彻底陶醉了。做好饭，老田给他们每人倒了满满一缸子苞谷酒。一口酒下去，老田又打开了话匣子，说的却是连队在这片草原的事情。但他并没有加入回忆的大军，还是只听老田说。老田的声音在屋子里回荡，他沉浸在一种真实的震颤中，有一种灵魂出窍般的错觉。一缸子酒快喝完了，魏远征还是一直保持着沉默。老田点燃一支莫合烟，半眯着眼，也不说话。老魏，老田突然叫了他一声。老田叫得发颤，混合着一种浓烈的情绪。那声喊叫，像一把针般扎破魏远征的坚硬的表皮，直往他心里钻。魏远征像从大梦中醒来似的，他受不了了，他哆嗦着唇说，要，不，再多住，住一天……他的语言生涩而不连贯，就像一个字一个字往外蹦。他说完，眼睛感到涩得厉害，就像揉进了沙子，他狠狠地擦了擦眼睛，泪水瞬间便打湿了他的手背。手背上的眼泪让魏远征一下子羞愧起来。他慌忙又说，你，还，还是回吧。老田怔怔地望着脸色黑红的魏远征，大颗大颗的眼泪夺眶而出。

第二天一早，吃过早饭，老田便和魏远征一起赶着羊群踏入草原。兴奋的是哈罗，好像它知道老田对魏远征的重要性似的，一路上围着老田摇头摆尾，大献殷勤，连自己的职责都忽视了。羊群看不出有任何异动，在头羊的带领下，它们慢慢地漫入草原，如扇面般散开，安静地吃草。草有着完全复苏的迹象，虽然表面上仍显得枯黄，一种脉脉的水汽却在枯草的脉络间流淌，敏感的羊群咀嚼着那份生机，嘴角猛然仰起，就像挂着焕发着生机的春天。在整个白天，老田的嘴几乎一刻都不闲着，好像他知道魏远征的内心处于巨大的空洞之中，需要用他的言语来填满。魏远征仍然是一张恍惚的脸，好像他在一场大梦之中无法醒来。整个草原除了羊群安静的咀嚼声，便是老田那高亢的声音在空气中回荡。老田只顾说，并不向魏远征询问什么，他几乎什么也不问，只是说着连队的那些事。当他们走到边境线上时，老田站着不动，望着延绵不绝的边境线边小道上那黑色的足迹。好久，他转过脸来望着魏远征，目光深处闪动着一丝火热般的色彩。他们进行完一天的巡视，把羊群关进羊圈后，便一起向连队走去。老田首先去看了自家的院落。院落里坍塌下来的棚子让老田不由得发出一声感叹。为了避免引起魏远征负面的情绪，老田的情绪瞬间又高涨起来，他望着那棵抽出嫩绿枝条的榆树说，马上又要长出肥厚的榆钱了，老魏，别忘了过来揪几把。陪着老田从连队回来，照例还是老田做饭，魏远征坐在板凳上照例是一言不发地听着老田说东说西。吃饭时，老田又给每人倒了半缸子酒。一口酒下去，老田所有的语言一下子陷入凝滞，为了缓和那种沉闷，老田点燃了一支莫合烟，吧嗒了一口辛辣的烟雾，咬着牙终于说道，老魏，要不回吧，不会有人笑话你的。魏远征身子抖了一下，还是不说话。老田哈哈大笑起来，和魏远征碰了一下说，老伙计，来，咱们一口喝掉。

　　第二天一早，老田收拾停当，便到了要告别的时候。老田过来死死搂着他的肩膀。魏远征不动，任由他抱得死紧。老田终于放开了他，径直上了马车，老田挥舞着手里的马鞭，枣红马在土路上奔跑起来。静静的土路上腾起阵阵烟尘。魏远征默默地望着远去的马车，直到土路上彻底消失了马车的踪迹，他还是不动。在一旁的哈罗发出一声哼哼声,他才猛然如梦方醒般,他突然意识到今天的征程要晚了。

当他赶着羊群漫入泛青的草原时,便觉得这两天就像做了一场梦。虽然老田的身影仍然在眼前晃动,还有他那独特的气息,仍然在肺腑回荡,但一种东西开始在心里片片剥落。他本以为老田的出现,就像一剂强心针,能让他满血复活,足够他对付一段孤独的岁月。但没想到,老田走了,他的意志瞬间便坍塌下来,在巨大的失落中,他感到整个草原是那么空旷,那么孤独。为了对抗那无边无际的虚无,他开始张口说话。老田昨儿走时,善意地劝告他要学会自言自语,否则他的语言功能就会彻底废掉,跟一个哑巴无异。但魏远征说的是老田的话,这两天,老田足足给他丢下一箩筐话,他全部记得,他的记忆力好得甚至超出他自己的想象。他重复着老田的话,好像老田还留在这空旷的草原,还留在他那间被孤寂结出厚厚的蛛网的两间平房。他的言语仍然干涩、结巴,在整个草原显得异常突兀。哈罗以为他在向它下达什么指令,但它听不懂。他恍惚的神情,就像把自己停驻在一个虚幻的世界。哈罗对着他吼叫,希望他能从自己的臆想中清醒过来。但他不愿意醒来,他的臆想是他对抗漫无边际孤独的最好武器。他自言自语的样子也引起了羊群的关注。头羊扭着头,望着他,平静的目光下有一种温情般的担忧。羊群也在望着他,但绽出淡淡嫩绿的草,就像是它们虚幻的梦境,它们再次垂下头去,开始咀嚼属于它们的美梦。

经过几天的努力,虽然他的嗓子变得肿痛,但他的语言开始变得润滑,如同一道溪水般流淌。但当他把老田所有的语言重复到第二遍时,他就像从一场虚幻中清醒过来了似的,他不愿再开口说话。他又感到空了，觉得时间再次陷入凝滞，那每一分、每一秒的流逝，如同带着毛刺，直接从他心尖滑过。他再次把希望放在收音机上。整晚，他听着来自外面世界的声音，让那些声音把自己完全湮没。纵使白天，他也把收音机带到身边，他不再担忧电池的问题，老田这次来给他带来了五六箱电池，足够他听上整整一年。更让他意外的是老田还给他带来一台袖珍收音机，手掌大小，方便在野外收听。老田挤着眼睛说是张玉琴买的。当然，她带来的并不仅仅如此，一坛咸菜那是必需的，还有春夏的衣服。望着这些，虽然他仍然是一张僵死的脸，但心里是满满的感动。他再一次对副连长有了深深的歉疚，因为这些虽是张玉琴的心意，却是副连长带给老田的。副连长还给他捎过话来，让他好好保重自己，虽然他老婆心里一直有魏远征，但狗娘养的，他认了。老田把那句"狗娘养的"也原封不动地带给了他。看到他眼里扩散出了隐隐困惑，老田又叹息了一声说，你一个人守护着边境线，这份光荣，谁能不服，谁还能再去计较什么。那晚，当老田把卖羊毛和卖羊的钱交给他时，他拿出一半，让老田帮他寄给老家，剩下的一半，他全推给了老田，让他和张玉琴一家留着用。老田当时慌了，一把又推了回来说，这怎么能行，我是不用。他不再结巴，干脆利落地说，我更不用。

他在草原上带着的是那台袖珍收音机，黑色的外壳，透着一股子贵气。他喜欢得很，粗糙的手掌一遍遍在上面摸索。当羊群漫步在草原深处，他坐下来，扭开了收音机那小小的开关，声音如一道细流从收音机里流淌出来，干净而纯粹，几乎不带任何杂音，在寂静的草原上如白雾般弥漫。他索性躺下，有哈罗在，他不用去操心羊群。哈罗是最忠诚的卫士，会时刻警惕走得太远的羊，用一阵吠叫把它吼回到一定的范围内。他闭上眼，那种声音漫过了他，如青草漫过他的头颅。突然一阵风吹来，泛青的草发出一阵沙沙声，淹没了收音机里的声音。那阵风带着青草返青的气味，泥土的气息，但还隐隐夹杂着一种腥气。

那种腥气他是万分熟悉的，也是万分痛恨的。魏远征的汗毛瞬间立起，他一骨碌爬了起来，顺着风的方向向西北方望去。草在风中摇曳，但看不到狼的任何踪影。警觉的不只是他，哈罗也嗅到了空气中的异样，它也望着西北的方向，发出了阵阵嗥叫。哈罗嗥叫完，又向他跑了过来，向他吼叫了两声，就像是一种提醒。看见魏远征那张冷峻的脸也正扭向西北，它再次腾起四蹄狂叫起来。草继续在风中倒伏，但还是看不见狼的踪影。

4

在兵二连没有来到这片草原驻扎之前，这里曾是狼的天下。兵二连来了之后，狼群不甘心把自己的地盘让给兵二连，一次次对兵二连发出了袭击。狼群往往是晚上出击，最喜欢攻击晚上上厕所的人。那时人睡得迷迷糊糊，思绪不是很清晰，戒备心也不是太强，连续得手了两次。连队的人再从地窝子里出来上厕所时，便是两个人以上，手里还拿着枪。狼群便改为黄昏，那时兵二连的人劳作回来，疲惫不堪，狼群便找落在队伍后面的人下手。狼悄无声息地把两只前爪搭在人的肩膀上，跟着人走。连队的人以为是另一个落在后面的人，便问是谁，狼不说话，问的人扭头一看，狼便一口上去，咬断人的脖子。经过几次，兵二连的人恼了，对狼群展开了捕杀，狼群只好迁移，有的狼群甚至跨过了边境线。但狼群的报复心极强，它们虽然把地盘让了出来，但还会时不时向这片草原窥视，寻找报复的时机。

  魏远征之所以痛恨狼群，是由于张锐强就是被狼群咬死的。那次，张锐强放牧时，起了大风，迷失了方向，带着羊群走进了陌生的地域，狼群嗅到了他和羊群的气息，便慢慢集结过来。狼群经过观察，发现是他一个人放牧，便先对羊群下手。张锐强为了保护羊群，便和狼群搏斗，但他当时没带枪，他只带着棒子与鞭子，纵使如此，他还是打死了两只狼。但他也被狼群咬得伤痕累累。当连队的人闻讯驱赶走狼群，他仅剩下一口气。魏远征当时便泪如雨下，更后悔自己那场发烧。如果自己没有生病，那就是他和张锐强一起放牧，两个人以上，狼群是不敢轻易袭击羊群的。张锐强临咽气前，只说了一句话，让魏远征把他埋在刘爱珍旁边。张锐强牺牲后，引起了兵二连的强烈愤慨，兵二连的人进行了第二次更加细密的捕杀，把狼群算是彻底撵走了。但张锐强的牺牲让魏远征大半年没有缓过劲来，更让他沉浸在深深的愧疚中。张锐强本来可以回老家的，家里人都给他找好了工作，但他和魏远征在北京的教导营结下了深厚的友谊，舍不得和他分开，才和他一起来到了边境线。他来到这片草原后，就经历过数次生死。第一次是得急性阑尾炎，幸好救过来了。第二次，他又从苏军手里死里逃生。兵二连的人曾和张锐强开玩笑说，你这算得上大难不死，必有后福。张锐强却没有任何表情，刘爱珍的牺牲让他彻底失去了笑脸。但没想到张锐强竟然会遭遇恶狼之口。张锐强最后那一句话，才让魏远征猛然意识到张锐强其实对刘爱珍也爱慕已久。张锐强高大而憨厚，如果没有他的出现，那么他和刘爱珍之间，很难说不会有什么事。从某种角度上说，其实是他夺走了本该属于张锐强的那份爱情。如果刘爱珍没有牺牲，如果张锐强还活着，他宁愿他和刘爱珍之间什么也没有发生，甚至希望刘爱珍喜欢的人能是张锐强——他最好的兄弟。但世界上没有如果。张锐强的牺牲，带走了他在这片草原最后的牵挂与慰藉。他的性情大变，独来独往，纵使在老田面前也不多话，只沉浸在对刘爱珍与张锐强漫长的思念与追忆中。

空气中那缕腥气绝对不是空穴来风，更不可能是一只孤独的狼无意中踏上这片草原。通过若干年前和狼的交道，他知道狼群绝对是觉察到什么，毕竟兵二连的人走了差不多整整一个年头。当这片草原重新归于孤寂，当连队不再有炊烟升起，更不再有人群喧哗，狼群早晚都会知道。毕竟它们的嗅觉比哈罗还要灵敏。

当哈罗重新归于平静，不平静的是魏远征，他整个神经都绷得紧紧的，羊群走在边境线上时，他一次次挥舞着手里的鞭子，让空气发出一声声脆响。他的鞭声让羊群陷入迟疑，它们弄不清他的用意。头羊站在边境线上停滞不动，但后面的羊还在向前涌，整个队伍瞬间就乱了起来。看见头羊不走，哈罗发起了脾气，对着头羊开始狂叫。头羊动了，但后面的羊又开始驻足。哈罗走在队伍的最前头，并没有发现。轮到魏远征管理了，他把鞭子直接落在羊的后背上，嘴里在大声训斥着什么。他的声音高亢而雄伟，在草原上如雷声滚动。后面的羊陷入了惊恐，一边发出咩叫声，一边快速向前方跑去。其实他的吼声并不是针对羊的，他要让远方的狼听到这边的声响，要让它们知道，这片草原仍然有沸腾的声音与烟火气。

　　下午返程的时候，当羊群没入草原深处，他没有让队伍拉得太长，并对打开的扇面进行了收拢，严格把羊群限定在一定范围内。羊群充满了不解与困惑，一次次用咩叫声表示不满与抗议。但魏远征没有二话，在他的示意下，哈罗一次次把脱离出范围的羊咬了回来。被咬痛了的羊咩叫着，放弃了眼前那一丛丛肥美的青草，向限定的范围内收缩，但那片限定的范围，已被别的羊啃食过，羊群不免又发出咩叫声，表达自己的委屈与不解。魏远征只好把头羊平移到另一片草地来解决羊的吃草问题。过去的返程，羊群像一道流淌的水般向家的方向漫去，而那个下午，整个羊群在不停地跳动，从一片草原跳到了另一片草原。就连头羊都有些摸不着头脑。最忙碌的当数哈罗，魏远征下达完一次指令，它就要对羊群重新进行布置与限定。哈罗在草原上来回奔跑，永不停歇，一会儿在队伍的最前头，转眼之间，又来到队伍的最后头，然后又把中间漫出来的羊驱赶到合理的范围。整个队伍看上去显得杂乱无章，但对魏远征来说，却显得井然有序，一切都在他的控制与掌握中，无论是队形的长短，还是草地的肥美。他知道经过一段时间的训练，羊群便会从中找到一定的规律，像一大朵白云般在草原之间来回飘荡。他有着出类拔萃的头羊，更有着一群优秀的士兵。

　　从草原出来后，羊群脚下的那条土路变得确定无误，他手里的鞭子也不再响起。但他的嘴里过上几分钟就会发出一声吼叫，直吼得哈罗也觉得纳闷，见他并没有格外的示意，哈罗这才开始大口喘气。把羊群关进羊圈后，魏远征又围着羊圈细细检查了一遍，整个土墙没有任何损坏，包括墙顶上插着的碎玻璃碴也星罗密布。他放下心来，回到屋里，拿出了那支双筒猎枪。连队本来是有武器库的，临撤销时，所有的武器都要回收。连长想着他一个人留下，没有枪是万万不能的，但又不能违背上面的命令，便给了他一杆猎枪，外加整整一箱子子弹。他把那支猎枪认真检查了一遍，用油布认真地擦拭完，上好子弹，才真正松弛下来。整个晚上，那杆枪就在他的床边，一伸手便能摸到。临睡前，他特意给哈罗交代了一下，让它注意周围的动静。魏远征回屋上了床，但一根弦死死地绷着，整个晚上，他似睡非睡，始终没有让那根弦放松下来。

第二天一早，他照例赶着羊群向草原进发。进了草原，他还是按照昨天下午的队形进行着归整与变化。羊群再次陷入凌乱，哈罗虽然执行着他的命令，但同样也觉得不解。望着他那张冷峻的脸，有着瞬间困惑的哈罗又坚定不移地去驱赶着羊群。仅仅一周的时间，哈罗准确无误地摸到了行进的路线与规律，而羊群也拼命适应着这种变化。在魏远征的指挥下，羊群开始有序地在草原上散开、合拢、转移，再次散开，又再次合拢，看上去就像一群正在训练的士兵。魏远征很满意，他知道当真正的狼群来临与袭击的时候，才会发现这样的队形几乎没有可乘之机。

那一周的时间，他每天都要围着羊圈慢慢地走上一圈，细细地检查羊圈的状况。他出门时，不再带着收音机，以免它发出的声音干扰到他对周围环境的判断。他开始背上那把猎枪。那把猎枪给了他一种无形的力量与胆气。他开始习惯枪不离手，临睡前，他都要摸一摸立在床边的猎枪。更重要的是，自从意识到可能的危险后，那根充满警觉的神经被他越拉越细，时刻处于紧张状态，他会时不时从睡梦之中惊醒，然后听一下动静，摸一下枪，然后再次睡去。他开始改变了睡眠的习惯，并进行着有效的训练。

那天深夜，正熟睡的他听到哈罗发出了狂叫声。他立刻醒来，拎着猎枪出了房门。哈罗还在叫，对着连队的方向叫。连队离他的住所不过一里地，以哈罗的嗅觉绝对嗅到了什么。他耸动着鼻翼，但夜风是向连队方向刮的，他什么也没有闻到。他打着电筒到羊圈里察看了一番，羊群挤在一起，没有任何异动。他关好羊圈的门，重新走到哈罗的身边。哈罗还在叫，他握着猎枪也死死盯着连队的方向。哈罗又断断续续地叫了半个小时，才重新恢复平静。

第二天他放牧回来，比往常早了半个多小时，他把羊群关进羊圈，便向连队的方向走去。哈罗紧紧跟上了他。但他不放心羊圈里的羊，让哈罗守着羊圈。哈罗可能捕捉到一种潜在的危险，执意要跟着，并对他发出狂叫。魏远征沉下脸来，对着哈罗怒吼了一声。哈罗立马安静下来，它对着魏远征发出委屈的哼哼声。魏远征知道哈罗在担心他的安全，但他更担心的是羊群的安全，再说他有猎枪在手，没什么大不了的。他用手重重抚摸了一把哈罗宽大的脑袋，像是给它一点安慰。

魏远征进了连队，首先进了老田的院落。他在院落的地上发现了好几处像哈罗一样的脚印，但明显比哈罗的脚印要大，并在后脚印还凸出一点尖刺状。他可以肯定有狼来过。院落里那棵榆树的树干上粘着几根棕色的毛发，他蹲下身，用两根指头捻起，放在鼻尖处闻了闻，那隐隐散发的淡淡腥气，让他恍惚之间看到，一只狼在榆树上蹭着自己发痒的后背。魏远征走遍了整个连队，不由得吃了一惊，到处都是狼留下的足迹，杂乱而重叠，也就是说，昨夜进入连队的狼，绝对不是一只，或几只，起码有几十只。这简直是一个庞大的狼群。魏远征的心情一下子变得异常沉重，他下意识地紧紧握住了手中的猎枪。

也就是从那天开始，他的戒备又提升了一个档次，他睡觉时，虽然双眼闭着，但一缕神智始终不散，凝结在眉心处，就像是他的第三只眼，他时刻都处于一种警醒状态，以应对狼群的突然袭击。以他对狼的了解，狼群对他和羊群发动袭击只是迟早的事，它们是非常有耐心的动物，它们在等待时机，等待他出现致命的松懈。虽然羊圈看上去很牢靠，但他还是不放心，他在羊圈里堆了一堆干柴，他知道如果出现危机，那堆干柴绝对用得上。

狼群进入连队的一个星期后，他率领着羊群仍然按照每天的行程巡视着边境线。当羊群没入草原深处时，魏远征不由得忧心忡忡。现在正是夏初，也是青草生长繁茂的季节，那漫天的青草已有膝盖深，狼群完全可以潜伏其中，然后不动声色地一点点靠近羊群。他知道，狼群经过侦察，已经知道这片草原没有别的人群了，与它们相比，他是一个更孤独更无助的另类。

为了规避可能的危险，他把整个队伍收得更紧，尽量让羊群在最小的活动范围吃草。他的示意让哈罗立马心领神会，立马按照他的意图对羊群进行归拢。羊群显得烦躁，幸好经过前段时间的训练，它们虽然发出抗议般的咩叫声，但还是在哈罗的吼叫与驱赶下，龟缩在指令的范围吃草。但总有几只羊，不听指挥，贪图着范围外青草的肥美，跑出了安全圈。哈罗显得异常凶狠，死咬住羊的耳朵，直到咬出血来也不松口。羊发出凄惨的咩叫声，回归到指定的范围圈。当然，哈罗的凶狠完全震慑住整个羊群。当那片草吃得差不多了，在哈罗的探路下，整个羊群再迁移到另一处青草地。

那天晌午，魏远征带着羊群巡视完边境线，重新没入草原深处时，哈罗突然发出了吼叫。羊群觉得莫名其妙，因为它们正在指定的范围吃草。它们回头望了一眼狂躁的哈罗，又低下头吃草。魏远征立马意识到周围有潜伏的狼，他上好子弹，仔细察看着四周茂密的青草。虽然并没有发现狼的踪影，但空气中散发出的那股子腥气让他丝毫不敢松懈。

没有察觉到危险的是羊群，它们在限定的范围内啃食着青草，拥挤在一起的身体，完全破坏了它们吃草的那份惬意，更气恼的是，当一只羊把嘴伸向一丛青草时，发现那丛青草有一半是别的羊啃食过的痕迹。它不免发出抱怨似的咩叫声。一丛嫩绿的青草在安全圈外引起了一只羊的注意，它在微风中摇曳着多汁的身姿与芬芳。那只羊完全被迷惑了，从安全圈里跳出来，尽情啃食着，并发出一声陶醉般的咩叫。它的行径引起了别的羊的羡慕，别的羊也偷跑出来，把嘴伸向一丛丛未曾被沾染过的绿草。哈罗和魏远征的注意力完全在四周潜伏的危险中，当意识到羊群变得松散，魏远征不由得怒喝一声。哈罗这才开始收拢羊群，而魏远征更加紧密地注视着四周的动静。一阵大风吹来，四周的青草开始伏倒，魏远征注意到西北角的青草裸露出一个黑棕色的东西，他再定睛一看，那是一只狼的一截脊背，他抬手便给了那只潜伏的狼一枪。那一枪正打中狼的后腿。魏远征是连里有名的神枪手，射杀狼只无数，他之所以故意打偏，是想对狼群起到震慑作用。果然，那只中枪的狼发出了一声哀嚎，向远方的草原逃窜。

但让魏远征没想到的是，狼群并没有撤退，而是从草原深处探出身来，向草原的西北角聚集，站在他的射程之外，远远地望着他和他的羊群。魏远征从黄挎包里取出望远镜向西北角望去。他看见狼群呈扇面散开，最前面的一只格外高大，它棕黑色的皮毛在阳光下闪着独特的光芒，那条从鼻尖一直延伸到尾尖的白线比阳光更耀目。它肚皮下鼓胀的乳房，隐隐渗出白色的汁水，而它的眼睛透出犀利与残忍。

他放下望远镜，目光如电，死死咬住它，一种刻骨铭心的仇恨如汹涌的浪潮在他体内扑打着。他瞄准了它。它站在那里，一动不动，眼睛里的残忍被一种好奇的光芒稀释了似的，渐渐显得恍惚起来。魏远征的手抚摸着油光锃亮的枪托，迟疑地望着它好一阵，才把手指伸向扳机。他透过准星，定格在它那颗结实的头颅上。而它继续一动不动，眼睛里似乎有些不屑。他无法再容忍下去，枪响了。而它连哆嗦都没有哆嗦一下，继续与他对峙。

魏远征知道这么远的距离是打不着它的。他不过是想让它感到恐惧罢了，然而它没有。这多少让他有些丧气，甚至恼怒。但他可以肯定那是狼王，只有狼王才有如此的气度与不凡。狼王突然向它发出了一声嚎叫，就像是一种宣战。狼群接着也发出了嚎叫。狼王突然转身，向更远的草原跑去，狼群紧随其后。魏远征望着远去的狼群，知道真正的较量开始了。

5

接下来的日子，整个草原安静如初，就像从来没有出现过狼群似的。哈罗警惕的目光变得困惑，接着便是松懈下来的倦怠。它把羊群限定在放牧区，不再来回奔跑，而是卧下来养神，听到魏远征的鞭响后，才猛然蹿起，开始驱赶羊群，到达另一片放牧区。羊群从来都是处世不惊的状态，它们服从着魏远征与哈罗的命令，从一片草地到达另一片草地，咀嚼出一片喧哗的绿色。唯一保持高度警惕的是魏远征，他太了解狼群的伎俩，他从每一阵吹来的风中捕捉着那股独特的腥气，并透过望远镜一次次察看着远方的草原，观察着四周的异动。每次放牧回来后，他都要细细检查羊圈，看有没有损坏的地方。他还在房屋门口架了两处柴堆，以应付狼的突然袭击。

半个月后的一天深夜，屋外的哈罗突然发出阵阵狂叫。熟睡中的魏远征猛然惊醒，他拿上枪，打上火把，便出了房门。在夜色里，他看见不远处绿莹莹的光在浮动。看见魏远征出来，哈罗立马增添了胆气，向不远处的狼主动发出攻击。魏远征点燃了屋前的两处柴堆。柴堆迅猛地燃烧起来，照亮了夜晚的天空。那冲天的火光并没有把那四五只狼吓退，而是把哈罗围在了中间。魏远征感觉不妙，打出一声响亮的口哨，喝令哈罗撤退。但无论哈罗怎样左突右咬，狼都死死纠缠住哈罗不让，让它无法摆脱。

羊圈里突然传来羊群的咩叫声，魏远征觉得纳闷，他弄不清狼群是怎样钻进羊圈的，但羊圈里阵阵惊恐的咩叫声，让他心急如焚，他打开羊圈的门，并把手里的火把丢在了那处干柴堆上。火燃烧起来，借着节节升高的火光，他看见十几只狼正在撕咬着羊群，狼的身上沾着潮湿的泥土，他立刻明白狼群是挖洞钻进来的。趁他愣神的工夫，一只狼突然向他发出了袭击，他手里的枪响了，那只狼跌落在地上，脖颈处涌出大股大股的鲜血来。同类的血气与火光并没有让狼群退缩，一只狼又向他扑了过来。他手里的枪又响了。狼在地上打了个滚，腹部的枪伤如同电击，它的两条后肢发出阵阵抽搐。那两只狼的遭遇并没有吓退狼群，一只狼从侧面向他发出了袭击，装弹来不及了，他狠狠挥了一下枪托，正砸在狼的脑袋上，狼闷哼一声倒在地上。突然一只高大的狼向他逼进，正是那只狼王。狼王并没有贸然出击，但它后背高高耸起，就像一张蓄满力的弓，随时会一跃而起。魏远征紧紧握着手里的猎枪，不敢发出任何多余的动作，以免让它有可乘之机。别的狼放弃了对羊群的袭击，呈半扇面包围着他。

一只狼从扇面里凸显出来，想先对魏远征发出攻击。但狼王发出了一声低低的吼叫，制止了它的鲁莽。那只狼退缩回去，眼睛里反射着火光照亮的凶残。狼王收起高耸的背，向前跨了一步。魏远征不自觉向后退了一步，后背死死抵着院墙。他也微弓起身，放低重心，迎接着狼群的攻击。他的举动让狼王不敢再靠前一步，它重新高耸着背，龇着炫目的白牙，目光是一片炙热的凶残。

魏远征死死盯着那只狼王，眼睛里闪烁着冷硬的光泽。狼王一动不动地盯着魏远征，就像凝固住了似的。魏远征身上的汗毛全都直立起来，丝毫不敢有任何大意。狼王率领着狼群就这样和魏远征对峙，只要魏远征的目光里露出一丝胆怯，狼王就会毫不留情地扑上来。空气中弥漫着几乎被点燃般的腥气。那种腥气同样也在刺激着魏远征的神经，他死死咬着自己的嘴唇，让唇齿之间的一股腥气开始弥漫。他双眼喷火，燃烧着比狼群更强烈的愤怒与残暴。时间在一分一秒地流逝，在窒息般的对峙中，狼王的目光越来越小，也越来越犀利。他也微眯着眼，闪出同样的冷酷。空气中，狼群散发出来的腥气越来越浓厚，浓缩着孤独的魂魄，那种腥气进入他的肺腑，却并没有把他压垮，相反在他身体深处引起了一种共鸣般的激荡，他浑身的血液都沸腾起来，一种悠远而凌厉的东西一点点往上涌，涌到他的嗓子眼里，他的嗓子痒得难受，终于，他承受不住了，一张口，却发出肝胆俱碎般的怪异的吼叫。那声吼叫完全吓了狼王一跳，它向后退了一步，整个狼群也跟着退后了一步。火堆还在燃烧，但已处于尾声，并突然发出噼噼啪啪的炸裂声，撕扯着狼群的神经。狼王不为所动，继续盯着魏远征不放。魏远征如同一座恶神，看不出有任何畏惧。狼王耸动着鼻子，嗅着他散发出来的气息，那是与常人不一样的气息，饱含着凄厉与孤独。狼王目光里的凶残慢慢退去，流露出困惑与好奇。但它还是不动，还在等待着什么。终于狼王的目光变得恍惚，它耸起的背恢复平常，并且慢慢转身，又猛回过头来看着魏远征。魏远征还是立在原地一动不动。狼王发出了一声嚎叫，向羊圈外跑去。狼群跟着狼王也跑出了羊圈。

　　狼群散去了，但魏远征就像被定住了似的，还保持着那种姿势，就像在与一群无形的狼对峙，过了好一会儿，他才缓过神来，他慢慢坐在了地上，才发现整个衣服都湿透了。他过去检查了一下羊群，被咬死的羊有六只，还有七八只都受了伤。他想起外面的哈罗，在整个对峙的过程中，他几乎听不到羊圈外哈罗的任何吼叫。他跑到羊圈外，那几只围攻哈罗的狼早已无影无踪，哈罗卧在地上不动，大口喘着粗气，脖颈、背部与后腿都淌着黑色的血。魏远征先是把伤痕累累的哈罗抱进屋里，拿出自配的黑色药膏给哈罗抹上，再用纱布包好。哈罗伸出舌头舔了一下他的手背，哈罗的举动不禁让魏远征的眼睛湿润了，如果没有哈罗，后果简直不敢想象。他抚摸了一下哈罗的脑袋，哈罗顺势闭上了眼睛。他处理完羊群的伤势，已经是凌晨五点，草原的夏夜很短，还有一个小时天就要蒙蒙亮了。魏远征筋疲力尽，他躺在床上，却睡不着，并且整个脑袋开始剧痛，就像神经被绷断了似的。等疼痛过去，他仍然在想那只狼王。他感到万分庆幸，虽说是他的胆气震慑住了那只狼王，但从某种角度来说，与一群狼对峙，其实是狼王放过了他。他不知道那只狼王出于何种目的，但那是一只与众不同的狼。正是它的与众不同，让魏远征第一次对狼群这个族群有了别样的感受。

凌晨时分，他才昏然睡去。一觉醒来，已是早上九点。他起来，先是察看了一下哈罗的伤势。哈罗的鼻子发凉，喷着粗重的呼吸。他放心了，推开门，看到羊圈外僵硬着三只被打死的狼。昨晚，他实在没有力气处理那几只打死的狼，只把它们扔在了羊圈外。打开羊圈，羊圈里一片狼藉，柴堆成了一片黑色的灰烬，灰烬边是六只被咬死的羊。看见他进来，羊群发出惊魂未定的咩叫声。他知道今天无论如何是无法巡边了，便给羊群抱来一大捆干草。羊群迟疑着不敢下嘴，当头羊开始咀嚼干草时，羊群才低下头，响起一片咀嚼声。他把死去的羊弄出羊圈，剥了皮，剁下半只，全部煮进大锅里。他又望了望羊圈边上的那三只死狼，最终打消了剥皮的念头。但他望着剩下的五只羊犯愁，现在是夏天，一只羊足够他和哈罗吃的，而别的羊只会白白臭掉。魏远征蹲下身子，慢慢卷了一支莫合烟，点燃后，又慢慢地吸。等抽完了那支莫合烟，他也考虑清楚了。他拉来拉拉车，把那三只狼和五只羊都装了进去。他拉着拉拉车，沿着那条土路，便向草原进发。到了草原。他先把狼一只只背进草原，然后扔在一片茂盛的草地上。接着便是那五只羊。当他把五只羊围着狼摆了一圈，心里一片澄明与通透。

望着那嫩绿的青草，他的心痒了，替羊群感到痒，他从车架子上拿出一把短镰刀，不由得微笑了一下，他之所以鬼使神差地带上这把镰刀，或许下意识里就想着给羊群带回一些鲜草。他开始割草。当他把青草装了半拉拉车，便觉得累了。他拉着车回到住所。他打开羊圈，推着拉拉车进去，当他把鲜草扔给羊群，羊群身上的恐惧立马抖落一地，发出欢快的咩叫声。羊群的叫声，如一股股清新的浪潮般扑打着魏远征的眼眶，他的眼睛湿润了，在一场劫难过后，他认为它们是世上最可爱的精灵。

他回到屋里，里面香气扑鼻，羊肉早就炖好了。他给哈罗盛了满满一大盘羊肉，足有两三公斤。哈罗开始大嚼大咽，看着哈罗的吃相，他估摸着几顿羊肉下去，它的伤势起码好了一半。哈罗的胃口同样刺激着他的胃口，他一顿下去，也吃下了三四斤肉。吃完饭，他感到困了，把枪上好子弹，便上了床。他一觉睡到黄昏，起来后觉得神清气爽，他出了门，拿着铁锹，围着羊圈的院墙细细地察看，在院墙的东北角，顺着墙基有两个洞穴，不用说，那是狼群用利爪刨出来的，他用碎砖塞上，再把刨出的虚土填好，夯实。他想了想，又拉着拉拉车到了连队边上的那片沙枣林，现在正是枣花盛开的季节，那浓郁的香气让他头晕脑涨。他用带的砍刀砍下沙枣枝，枝上面锋利的尖刺让他很满意。他拉了满满一车沙枣枝回到羊圈，沿着院墙外细细地摆放着，再用土压实。他拉了满满三车沙枣枝才算完工。他长吁了一口气，回到屋里。

接连两天，他都没去巡边，他放心不下哈罗，更放心不下羊群，他知道羊群被惊吓的记忆还没有完全散去，进了草原容易炸群，再加上没有哈罗的协助，他害怕再出什么意外。毕竟现在草原上有一群虎视眈眈的狼，还有那只让他琢磨不透的狼王。但第二天下午，他到那片摆放死去的狼与羊的草地察看了一番。狼只剩下残骸与皮毛，不用说那是被狼群吃掉的结果。狼群一般不吃狼，无论是活着的，还是死去的。这更像是狼群一种祭奠与怀念的方式。而草地上留下的死羊有被拖动的痕迹，他估摸着那应该是狼群把吃不完的羊带了回去。他不知道自己这样的举动，会让狼群咋想，更会让狼王咋想，但与其让羊肉白白臭掉，还不如让别的生灵用来果腹。狼王的退缩一直让他心里拧成一个疙瘩，就像是还狼王一个情，从此他和狼王两不相欠。

到了第三天，他在屋里待不住了，但他一个人去巡视，又担心狼群会袭击羊群。他到羊圈里察看了一下受伤的那几只羊，除了两只还是无法正常行走，另外几只走路几乎没有问题，既然走路没有问题，那就等于什么问题都没有。他临出门时，把那两只无法行走的羊抱进屋里，又给哈罗交代了一下，让它在家好好养伤。哈罗的伤势已经恢复了一些，立马意识到他要去草原，哆嗦着腿站了起来，想跟他一起去草原。他呵斥住了哈罗，然后把门锁上。

羊群从羊圈里出来时，一个个都有些心惊胆战，在他的催促下，羊群才缓缓走在土路上。没有了哈罗的加持，羊群不停地回头望着羊圈，更是不停地发出不安的咩叫。但当羊群慢慢没入草原，那满眼的绿以及散发的草的清香完全掩盖住它们内心的忧虑。它们埋下头，开始在草原上静静地吃草。虽然那晚狼群突然离开，但魏远征一点也不敢掉以轻心，他只有保持高度的警惕才行。由于哈罗不在，所有的活都必须他亲力亲为，好在羊群被那晚的遭遇吓破了胆，虽然青草肥美，但它们还是本能地缩在一起吃草，整个队伍看上去比他预料的还要坚实。当那片草地吃得差不多了，他只要驱赶了头羊，别的羊便赶紧跟上。

巡视完边境线，当他带领着羊群再次没入草原时，空气中隐隐散发着一股腥气，他立马意识到不远处有狼的出现。他拿出望远镜向四处察看，果然，在草原的东南角聚集着十几只狼。领头的还是那只狼王。在狼王的率领下，狼群慢慢向羊群走来。魏远征赶紧检查了一下猎枪，防备着狼群的袭击。又一阵风吹来，空气中散发的腥气变得更加清晰，沉浸在青草气息的羊群如梦方醒，发出胆怯的咩叫声，缩成一个圆形。

狼群越来越近，接近猎枪射程的时候，在狼王的示意下，狼群停了下来，还是呈扇面阵形。狼王走了几步，完全进入射程的范围。魏远征觉得奇怪，他知道以这只狼王的智慧，对安全距离应该拿捏得分毫不差。在他的惊疑中，狼王又走了几步，分明就像是一种挑衅。魏远征举起了枪，手指移动到扳机处。狼王看着他，并没有后退，目光里的凶残明显有所收敛，却又高深莫测。魏远征把举起的枪又放下，他知道以他出枪的速度，纵使狼王突然向他发起袭击，他也可以从容应对。看到他放下枪，狼王的耳朵明显抖动了一下，它弄不清魏远征这一举动到底代表着何种用意，是不屑，还是一种和解。狼王又试探性地向前走了两步，然后背部高高耸起。魏远征冷峻地盯着狼王，目光平静如水。但他越镇定，狼王越迟疑。它向后退了一步，接着又是一步。突然，狼王发出了一声嚎叫，带着狼群向远方的草原跑去。

　　一个星期后，魏远征在放牧时又遇见了狼群，他透过望远镜看见狼群在追捕一匹野马。这片草原上的野马很少，他也就只见过两次。那匹野马虽然体型不大，但在镜头里显得异常凶悍，一只狼向它扑来，它一扭身，便是一蹄子，正踢在狼的后腰部，受伤的狼在草地上连打了好几个滚。野马虽然剽悍，但架不住狼群的围追堵截，并在狼群设定的包围圈里来回奔跑，渐渐地，野马的体力下降，口里不停地喷出串串白沫来，尥出的蹶子力道也小了不少，一只狼被它踢了一脚，在草地上翻滚了一下，起身又追逐着不放。那只狼王只是在一旁观看，看到野马累得差不多了，突然向一支离弦的箭向野马奔去，到了野马跟前，野马想转身，但慢了半拍，狼王高高跃起，死死咬住野马露出的脖颈，野马摆脱不掉，倒在了地上，狼群蜂拥而上，一会儿的工夫，野马便彻底断气。魏远征看得惊心动魄，在佩服狼群协同作战精神的同时，更是对那只狼王的果断出击惊讶不已。奇怪的是，那只狼王好像知道他在看着似的，突然抬起头，望着他的方向，嘴角滴着野马鲜红的血。他心里一颤，透过望远镜继续观察着狼王。狼王死死地盯着他，目光深处却显得一片恍惚。

　　让魏远征没想到的是，过了半个小时，那只狼王竟然向他走来，嘴里叼着一大块马肉。魏远征惊讶地望着狼王，猎枪在手里直抖。狼王叼着马肉走到了射程之内，并没有停止脚步，又往前走了几步，才把马肉放在草丛上。它望着魏远征，分明在辨认着什么，眼神里有一种好奇与松弛。它望了好一会儿，目光又被魏远征背后的草原吸引，它慢慢转动结实的头颅，飘忽的眼神顺着微风中起伏的草尖滑行。终于，它向远处的狼群跑去。魏远征蓦然发现，它转身的瞬间，竟然有一种说不出的优雅。他过去，从草地上捡起那块马肉，足有三四公斤，他闻到了狼王身上那种特有的腥气，还有马肉的血腥气，它们混合在一起，散发出格外浓烈的味道。他拿起望远镜，继续观察着狼群，狼群如同风卷残云，那只野马只剩下一副骨架。黄昏时分，当他把那块马肉带回住所时，哈罗分明嗅到了狼王的气息，它对着那块马肉，发出警觉般的狂叫声。魏远征笑了，他重重拍了一下哈罗的脑袋，直拍得哈罗用一双困惑的眼神望着他。

6

在哈罗养伤的那段日子，魏远征带领着羊群继续完成着每天的巡视。在绿得让人陷入狂想的草原，他几乎每天都能看到狼群的踪影，它们像一个个黑色的幽灵般，在狼王的率领下，在草原上神出鬼没，忽远忽近。但它们不再来打羊群的主意，就像狼王和魏远征达成了某种协定。羊群应该算是最乐观的生灵，它们很快便抛掉了恐怖的记忆，重新恢复到轻松自在的状态。它们如一道道白色的波浪，在绿色的大海里游荡，从一棵草到另一棵草，从一片领地到另一片领地，留下它们的惬意与安适。纵使狼在它们的视线里出现，那种曾经熟悉的气息只是让它们陷入了片刻的迟疑，就像时间本身出现片刻的凝滞，它们很快便埋下头去，从一丛青草处寻找着本属于自己活着的属性。当羊群在草原深处静静吃草时，魏远征便拿着望远镜看着不远处的狼群，看它们在草原上追逐野兔、田鼠，捕杀黄羊等动物。通过细致的观察，魏远征才真正意识到狼群是整个草原最有协作精神与团队意识的动物，当然，它们的大脑就是狼王。他对狼王有了一种敬意。

当他带领着羊群巡视在边境线上时，那只狼王有时会驻足观望。魏远征透过望远镜，看出它犀利眼神的背后是更深的好奇与困惑。它弄不懂他走在那条小道上代表着何种意义，更弄不懂羊群走在那条小道上代表着何种意义，羊群只是在小道上走，走得井然有序，但不吃草，只是走。快到了中午，他带领着羊群没入草原时，狼王抛下狼群，独自走在那条小道上。它死盯着那条小道，并且边走边嗅，但它越走越迷惘，它扭头望着草原深处的羊群和背着猎枪的魏远征，希望能看出点什么。它什么也没有看到，也什么也没有得到，但狼王不罢休，顺着魏远征和羊群的足迹，一直走到巡视的尽头。

由于狼群不再来袭扰他和羊群，虽然那把猎枪他每次巡视时还背在身上，但他整个身心都松弛下来，他的状态迅速感染着羊群，羊群开始像一团散沙般在草原漫开。魏远征呵斥了几次，数次挥起鞭子，但羊群仍然我行我素。没有了哈罗的参与，他第一次感到有点力不从心。但他抱着听之任之的心态。羊群看出了他的懒散，在草原上不再闪转腾挪，而是如最初一般，在草原上随意流动。

哈罗伤好后，迫不及待地加入了每天巡视的队伍。它在狭小的房间憋闷太久,在广阔的天地显得无比兴奋。它先是对羊群表示着自己的亲昵。它先从头羊开始,摇着尾巴,去嗅头羊那张狭长的脸。头羊仍然平静,看不出一丝多余的表情,并且扭过了头去。但哈罗一点也不计较,它把每只羊都嗅了一遍,亲热了一遍,才算罢休。

到了草原,哈罗很快便发现羊群一副逃兵的嘴脸,走得松松垮垮,几乎不成完整的队形。更让它困惑的是魏远征的态度,他手里的鞭子就像生锈了似的,懒得发号施令。哈罗对着羊群发出阵阵狂吼。羊群不理视它,继续漫无边际地走,随心所欲在选择着视线里的草。哈罗只好跑到魏远征面前,用自己的吼叫表达内心的疑问。魏远征不看它,而是低下头,卷起一支莫合烟。

当哈罗在草原里看到狼群在不远处奔跑时,它脊背上的毛竖立起来,对着远方发出疯狂般的吠叫。更让它奇怪的还是魏远征和羊群的态度。魏远征一副无动于衷的表情,甚至都没有从背上把猎枪解下来。羊群也是,它的吼叫只让羊群有了片刻的愣神,它们接着便漠然地垂下头,继续吃草。哈罗焦急万分,它跑到魏远征面前,用一阵吼叫表达内心的不满。魏远征半眯着眼,终于笑了,他抚摸了一下哈罗的脑袋,蹦出两个干涩的音节说,没事。哈罗懂了,它沮丧地坐在草地上,歪着脑袋,两只前爪抓着草地,直抓出黑色的土壤。接下来的日子,哈罗就像整个队伍里唯一绷着的一根弦,它会时不时把过于松散的队伍尽量收一收,并且当狼群越来越近时,它用拼尽全力似的吼叫警告着狼群。或许是它的警告起到了作用,狼群虽然忽远忽近,但始终没有突破安全范围。那段日子,哈罗才像是这支巡视队伍的首领,有着操不完的心,每天都来回奔跑着,直到累得气喘吁吁。而魏远征就像一个甩手掌柜，由着哈罗折腾，既不阻止，也不鼓励。羊群眼明心亮，虽然它们看上去平静而木讷，但它们把真实的想法装在心里，当哈罗冲着远远落在后面的一只羊狂叫时，那只羊只是象征性地向羊群聚集的地方靠拢，那副懒洋洋的模样简直让哈罗抓狂。没有魏远征有力的支持，哈罗的努力显得势单力薄。经过一个星期的坚持，哈罗筋疲力尽，并且收效甚微。哈罗终于放弃了，一切又回归到狼群来到之前的样子。

  哈罗松懈下来的一个星期后的那天下午，当魏远征率领着羊群从边境线没入草原时，哈罗就发现远处有狼活动的迹象。它不再像前段时间那样，发出阵阵警告的吼声。而是漠然地望着，喉咙里滚动着低低的咆哮，最终它垂头丧气地转过身，在羊群中间的一片草地上卧下来养神。归程走到一半的时候，魏远征的鞭子再次响起。这是一次临时集合的命令，所有的羊群都向头羊靠拢。这时的哈罗才显得神灵活现，对着几只慢腾腾过来的羊发出愤怒的吼声。近一百只羊尽收眼底，但魏远征突然感觉不对劲，他在和羊群的朝夕相处中，不用点数，就知道羊有没有少。凭着直觉，他觉得羊少了一只。为了证实自己的判断，他开始数数。没错，真的少了一只。魏远征立马意识到问题的严重性，他挥舞着手里的鞭子，让鞭梢擦破空气，发出三声迅急的响声。哈罗吃了一惊，羊群也吃了一惊，它们平静的眼神里升起罕见的困惑。魏远征驱赶着羊群开始寻找。还是哈罗的嗅觉帮了大忙，经过两里多的路程，哈罗在一处草丛处停了下来，并对着魏远征吼叫。魏远征急慌慌地赶了过去。草地上留有羊的血迹，还有羊挣扎的痕迹，更有羊被拖走的痕迹。他蹲下身，在一丛青草间发现了一小撮棕黑色的毛。他用手捻起，凑到鼻尖处闻了闻，他顿然变色，没错，那是狼的气息。他的脑海里闪过画面：一只狼在草丛间潜伏，一只羊在低头吃草，狼猛地蹿起，正咬住羊的脖颈……一股怒火瞬间在他胸间翻滚，他取下猎枪，对着天空发射出一颗愤怒的子弹。

　　狼群果然在不远处，狼王率领着狼群跑了过来。狼王扭头望了一下狼群，狼群呈"品"字形站立，不再前行。狼王继续向魏远征走来。哈罗看见狼王逼进，发出阵阵怒吼，欲上前撕咬，但被魏远征厉声制止了。虽然魏远征端着枪，但狼王还是踏进了射程范围。狼王的目光里除了犀利，更多的是困惑。狼王的眼神让魏远征迟疑起来，他指着事故现场大声嚷嚷着什么。狼王的耳朵抖动了一下，目光里是更深的疑惑。为了消除狼王的疑惑，他带领着哈罗向后退去，退到差不多的距离，他站住了，举起枪瞄准了狼王。狼王走到事故现场，认真地嗅了嗅，他回头看了看远处的狼群，又看了看魏远征，它再次向魏远征走来。走到射程之内时，狼王停顿了一下，又继续向前走。狼王的举动彻底激怒了哈罗。哈罗冲了出去。看见哈罗越来越近，狼王并没有耸起脊背，作出迎战的姿态。魏远征怒吼般叫着哈罗的名字。哈罗顿时站住了，它扭头望着魏远征，目光里全是不满。魏远征让它回来。哈罗只得服从命令。狼王盯着魏远征黑洞洞的枪口，并没有半点惧色，它扬起头颅，嘴里发出一种古怪的声音，那种古怪声，没有半点凄厉，倒显得有点呜咽，就像一种委屈，一种解释。魏远征看着狼王奇怪的举动，也困惑起来。狼王又回头望了一眼狼群，又看看他，再次发出古怪的声音。哈罗被它古怪的声音完全弄糊涂了，大张着嘴，不再嘶吼。魏远征心里猛然一动，难道是别的狼袭击了他的羊群。他放下了猎枪。狼王低下头,在事故现场用前爪猛刨了几下,转身向狼群跑去。

魏远征的猜测是对的。三天之后,他果然发现有别的狼出没。自从羊被袭击后,魏远征重新警觉起来,他的态度立刻改变了羊群的态度。在哈罗的协助下,整个羊群变得紧凑而又有序,并开始在草原上飘移着前行。那天下午,当哈罗突然向着左前方的草丛发出阵阵怒吼时,他立马举起了猎枪。哈罗冲了过去,一只潜伏着的狼立刻现身,和哈罗开始了撕咬。另一只潜伏的狼也从草丛间现身,向哈罗跑去。魏远征手里的枪响了,正打中那只赶去帮助的狼的后腿。枪声惊吓住了和哈罗撕咬的狼,它甩下哈罗,转身逃窜。那只被打中的狼,拖着受伤的后腿,看见逼近的哈罗,立马龇着炫目的白牙,咆哮出加倍的凶残。但警觉的魏远征呵斥住了哈罗,他看见狼王正向这边跑来。哈罗回到魏远征身边,对着狼王咆哮。狼王跑到那只受伤的狼一米的地方站住了。那只受伤的狼并没有表现出半点服从,而是对着狼王发出更加疯狂的吼叫。哈罗愣住了,魏远征也愣住了,但他很快反应过来,那不是狼王群体里的狼。狼王盯着那只狼,一动不动。受伤的狼彻底放弃逃窜,开始主动攻击狼王。狼王闪躲了两下,突然猛地一偏头,咬住了狼的脖颈。狼拼命甩头,但狼王死咬住不放,直到那只狼彻底气绝。狼王望着远处的魏远征,目光平静地舔着嘴边的血,对他再次发出古怪的声音。魏远征懂了,他放下枪,目光平静地望着狼王。狼王抛下死去的狼,向远方跑去。

三天后的下午,哈罗又嗅到了什么,对着远方发出阵阵吼叫。魏远征举起望远镜,看见狼王和它的族群,当然,还有另一个狼群,在另一个狼王的带领下形成了对峙。陌生的狼群的数量只有十几只，明显势单力薄。但陌生的狼群同样有一种气势，在阳光下龇着炫目的白牙，宣告着一种主权。狼王首先出击，向陌生的狼王扑去。两只狼王瞬间便撕咬成一团。接着便是狼群之间的厮杀。不过十几分钟，陌生的狼群便顶不住对方的冲击与围攻，发出凄惨的叫声。新狼王本就没讨到半点便宜，稍一分神，腿部被狼王狠狠咬了一口。新狼王首先开始了逃窜，接着便是它的族群。陌生狼群中的两只狼已经被咬得遍体鳞伤，躺在草地上奄奄一息。狼王并没有率领狼群追击，只是望着逃窜的陌生狼群。新狼王跑到边境线时，扭头望了一眼狼王。这凄冷的眼神里有一种东西一闪而过，带领着它的族群穿过了边境线，来到另一个国度。狼王的皮毛在阳光下闪闪发亮，它转过身，好像知道魏远征在望着它似的，两只耳朵抖动了一下，目光变得深远与恍惚起来。

魏远征经过观察，发现狼王所带领的狼群成为这片草原的一方霸主，总有陌生的狼群涌入这片草原，对狼王及其族群形成新的挑战。当然，对魏远征与他的羊群来说，更是巨大的威胁。魏远征已经能够熟练地分辨狼王群体的每一只狼，甚至包括它们的气息，当草原上有陌生的狼出现时，他保持着高度的警惕，巡视时更是把羊群拢得很紧，在哈罗的协助与预警下，他从没有让陌生的狼得逞。但真正给他提供强有力支撑的还是狼王。在狼王的带领下，它的族群和陌生的狼群展开了一次又一次交锋，进行了几十次战斗。仗着数量上的优势与战斗的素养，以及狼王的智慧，狼王的族群击溃了一个又一个狼群。被打败的狼群大部分向边境线逃窜，当然，还有一些狼群服从着狼王的意志，留在了这片草原，但它们再也不袭扰魏远征的羊群。

7

　　这年入秋的时候，老田还没有出现，边防站的人先一步抵达。那天上午，他正率领着羊群巡视着边境线，哈罗突然对着后方发出阵阵吼叫。魏远征转过身看见两个黑点向这边移动。两个黑点越来越大，既显出马的样子，更显出马背上人的样子。马蹄声越来越响，敲击着草地让他觉得天摇地晃。当老张和另一位战士从马背上下来时，他们身上的那股气息再一次让魏远征感到眩晕。老张的眼睛简直要从眼眶里跳出，他一把抓住魏远征说，老魏，你还真在这里。魏远征的身子晃了晃，说不出话来。老张又说，连长不放心，让我到这边看看，没想到你竟然没有走，这一年来就你一个人巡视？魏远征还是说不出话来，但眼睛一个劲地发涩、发痛，像涌进去了沙粒。他侧过身，望着远方的草原，草原的上空是一轮孤独的日头，散发着秋日淡淡的光辉。但老张的眼里就像涌进了更多的沙粒，他突然哭得泣不成声。

　　老张陪着魏远征走完了剩下三公里的边境线，就像完成了共同的巡视。那三公里的路程对魏远征来说，简直短得不能再短，他多希望那条边境线能够无限地延伸下去，这样的话，老张身上的气息就能长久地在他身边弥漫。当然，还有老张的言语，他的每一句话，每一个音节都能让魏远征的身体发颤、发抖，他沉默不语，但全部的神经都绷得紧紧的，就像一个贪婪的水母般不动声色地吞噬掉空气中任何一丝震颤——老张的语言带动的空气的震颤。当老张陪他走完边境线，说明天还来时，魏远征的眼睛明显在眼眶里跳动了一下，并且他死死扯住老张的衣袖。老张的眼圈又红了，他说，我说了，我明天一定会再来看你,说到做到。魏远征放心了,他松开了老张,看着老张和另一位战士翻身上马,消失在边境线的那头。

整个下午,魏远征如同羊一般开始了反刍,他的记忆力惊人,就像真的要把老张所有的话全部吞噬掉似的,那些鲜活的词语从他的胃里缓缓升起,通过咽喉,直抵他的口齿。他哆嗦着唇,交错的牙齿咀嚼着每一个词,嘴里发出含混不清的声音。他恍惚的神情以及目光里定定的光,吓了哈罗一跳。哈罗对他发出了吼叫。但他就像被一场大梦死死压在身下。哈罗叫不醒他,便只好由着他一副痴呆相,好在羊群走在返程的路上,好在现在的草原一切平安无事。

回到住所,吃过晚饭,他仍然精神亢奋,兴奋不已。他的反常引起哈罗的吼叫与好奇。但更好奇的是魏远征,他把哈罗叫到身边,掰开它的嘴,细数它到底有多少颗牙。他这才发现哈罗的牙泛出一种黄色的光泽。他嘿嘿地傻笑起来。

老张和边防站李连长是下午赶到边境线的。李连长首先上前对着魏远征郑重地行了个军礼,魏远征照例僵在那里,没有任何反应。李连长握着他的手说,老魏,真是辛苦你啦,你的孤独可是天大个个。李连长和老张陪着魏远征巡视完剩下的路程,又执意要到他的住所去看看。魏远征知道他们还要往回赶,便驱赶着羊群往回走。一些羊明显流露出不解,停下脚步啃食青草。哈罗毫不客气地冲了过来,对着掉队的羊一阵撕咬,直咬得羊发出咩咩的惨叫声,瞬间便冲到了队伍的前列。当魏远征和羊群回到住所时,离黄昏起码还有一个钟头。李连长先是围着羊圈细细察看了一遍,然后才进了他的屋里。他在昏暗的屋里四处看,四处摸,弄得两手黑灰。最终,他拍了拍手说,老魏啊,是我们的失职,你替我们巡视边境线,我们却连最起码的事情都没有做到啊。魏远征只是哆嗦着嘴,再次像一只无声的水母吞噬着李连长的一切言语。李连长给魏远征带来了很多生活用品,一一摆放整齐后,李连长从挎包里掏出一面鲜红的袖章说,老魏,你现在是我们边防战士的一员,从现在开始我们会定期来看你,更会给你提供物质上的帮助……魏远征如同电击般,身体猛地一颤,他双手哆嗦地接过那面红色袖章,上面是用黄线绣的"巡边员"三个字。李连长还在说,但魏远征什么都听不到了,那个鲜红的袖章就像最庄重最圣洁的语言,把他整个人都笼罩了;更像是热力四射的日头,把他整个人都融化了。他的整个身心都被一种荣耀穿透,他幸福而痛苦地发出了一声呻吟,但他还是说不出任何一个字,但他的眼泪流下来了,他对着李连长敬了一个无比庄重的军礼。李连长和老张走了,他们的马蹄如同鼓声,重重敲击在魏远征的心房,当他们彻底在暮色里消失不见了,他竟然一点也不感觉到失落,一种东西在心里推动着他,充盈着他。整晚,他把那个红袖章都放在枕头下,睡得格外香甜,就像是枕着漫长的荣光睡去。

第二天一早,魏远征换了一身干净的衣服,郑重地把红袖章戴在了右臂处,并用别针别得整整齐齐。哈罗看见魏远征时,耳朵不由得一抖,它看到魏远征满脸的红光,试探地发出了一声吼叫。那些红光也在魏远征脸上抖动了一下,他竟然露出一丝羞怯般的笑意来。他的亢奋让哈罗也无端地兴奋起来,它向半空跳跃,就像那里悬挂着一块骨头。当他带领着羊群走到边境线时,那红色的袖章让他拥有了一种更隆重的归属感,让他感到脚下那条小道不是从草地间坦露出来的,而是从他心里生长出来的。他每一脚下去，都能听到自己那强烈的心跳声。

老田是下第一场雪的前三天来到草地的。他的兴奋劲还没过。见到老田，他指着右臂上的红袖章对着老田发出含混不清的声音。老田有些惊讶地望着红袖章搞不懂到底是什么意思。他指着南方，嘴里终于发出几个清晰而不连贯的音节：边—防—站。老田这才明白，他不由得也兴奋起来，他重重打了魏远征一拳说，老伙计，不错啊，你现在不光是兵二连的人，还是边防站的人了。魏远征嘿嘿笑了起来。当天晚上，老田要做饭，但魏远征死活要自己动手。晚饭非常丰盛，除了牛羊肉，还爆炒了一只小公鸡。小公鸡是老田带来的，让魏远征稀罕得不行。他们照例每人一缸子苞谷酒。老田先是和他碰了一下，对他表示隆重的祝贺，并说要把这个消息带给兵二连的人。魏远征喝了一大口，并把一块鸡肉扔进嘴里，鸡肉特有的清香让他整个胃都痉挛起来，并且骨头轻薄，他轻而易举地嚼碎，又全部咽下。他很快处于一种微醺状态，他似笑非笑地盯着老田那张嘴，一点点吞噬着空气中那美妙的颤动，那些生动的语言，那一刻，他觉得自己是世界上最幸福的人。

第二天一早，又是分别的日子。魏远征照例把夏天剪好的羊毛抱进老田的马车里，接着便是二十只羊。到了秋天，他的羊群已经超过了一百只，几天前，他就进到羊圈，一只一只地看羊的牙口，进行着筛选与淘汰，他要把最强壮的羊留在草原，与他共同承担责任与义务。当被提前选好的羊，一只只被抱上马车时，它们不免发出阵阵凄凉的叫声，就像是一种沉痛的告别。它们的咩叫引起了羊圈里强烈的回应，在头羊的带领下，羊圈里是一阵告别的咩叫声。魏远征把最后一只羊抱进马车时，眼睛不由得湿润了。

8

仅仅过了一天，草原便迎来了第一场雪，整个世界一片洁白，就像是一个全新的世界。魏远征望着满目的洁白，就像被一种白色的火焰点燃了似的，他的心里充满着一种激情，他觉得没什么大不了的，他的食物充足，干草也早已备好，足够羊群坚持到第二年的春天。雪并不厚，他打开羊圈的门，不用吆喝，羊群便在头羊的带领下，如同一片白色的浪花涌入白色的海洋当中。羊群发出轻快而兴奋的咩叫，就像找到了一种归属似的。随着他的一声鞭响，他们再次踏上了征程。

路过连队时，魏远征不由深深看了一眼，连队沉默无言，就像在行注视礼，他对着连队敬了一个礼，就像是出征之前的告别。羊群很快便没入草原，羊群用嘴拱开薄雪，伸向一丛丛干枯的草，咀嚼着今年的第一场雪，脚下的足迹露出点点黑色。当到了边境线时，那条无比熟悉的小道便呈现在眼前。羊群蜂拥着踏碎积雪，如一道道白色的犁杖翻出黑色的泥土。到了正午，积雪开始融化，整个世界都是雪水默默流淌的声音，那种声音闪着光，挂在羊群粉色的嘴边，又被羊群混合着干草一点点咀嚼吞下。在寂静的草原上，是一片沸腾着的声响。跟以往一样，第一场雪后，他巡视完边境线，便带着羊群向住所慢慢移动。当到了住所，天还完全白着。他把羊群关进羊圈，便带着哈罗向野兔出没的地方走去。他选好地方，下了不止一个连环套。下完套，他心里一动，又向另一片野兔出没的地域走去。他又开始下套，用钉子再次固定好铁丝后，哈罗有些不理解，它对着魏远征叫了一声。但他微笑不语。

　　第二天放牧回来，魏远征带着哈罗来收取猎物。他总共下了六个套，套套都有收获，并且每只野兔都肥大无比。但魏远征只收了两只，另外四只任由它们在套子里挣扎。哈罗更不理解了，对着他吼叫。他还是不语，只是扩大范围，在另外的地方下套。第三天放牧回来，他首先察看了留下的那四只野兔，果然，它们全都消失不见，雪地上留下片片血迹与皮毛。哈罗嗅了嗅，用吼叫声告诉他谁拿了他们的猎物。他当然知道。他再来到昨天新下的套，套里的活物竟然一个不少。他照例取了一半，又开始下套。一种说不清的默契就这样在冬天的第一场雪后展开。一个星期后的一天下午，魏远征在草地上又看见了狼王。狼王向他走来，哈罗发出了警惕似的吼叫，但它并没有扑上去。狼王越走越近，完全进入了射程。但魏远征微眯着眼，连枪都没有取下。哈罗焦躁起来，它的吼声更加疯狂，但它还是只在原地跳跃。狼王站住了，也微眯着眼，看着魏远征。哈罗像是被什么触动似的，突然住了嘴，用前爪刨着草地上的积雪。阳光变得热烈起来，反射着积雪，白晃晃一片。狼王站了有五六分钟之久，然后突然转身向一片银白之中跑去。

　　元旦的前两天终于迎来了真正意义上的雪。那场雪足足下了两天两夜。鉴于有去年的教训，魏远征看出苗头不对，便赶着羊群提前返回。他刚回到住所，暴风雪就来了，寒风呼啸着，挟裹着雪片,吹得人睁不开眼,他不由出了一身冷汗,如果他执意巡视完边境线,那么此刻他和羊群必将在暴风雪中挣扎。第二天一早,雪远远没有停止,到处是茫茫的雪,压得万物抬不起头来。他给羊群弄好草料,便龟缩在屋里。屋里炉火正旺,他给自己弄了些牛肉,给哈罗弄了一些兔肉,最后热了满满一缸子苞谷酒。他一边就着牛肉,一边喝着苞谷酒,外面是寂静而喧闹的雪的声音,他一直从天亮喝到天黑。

　　元旦那天早上,雪完全停了。他推开房门,一脚下去便没入膝盖。他先把羊圈的积雪清理完,然后给羊群抱来两大捆干草。处理完这一切,他背上猎枪,望着远方的草原,一种强烈的情感在体内动荡着。就像整个世界都是崭新的,等待着他新一次的挑战。他照例把哈罗留在了住所,一个人开始了跋涉。每一脚下去,他又被那种熟悉的感觉包裹,走了不到两公里,他已经筋疲力尽,瘫软在雪地上。连那种短暂的死亡也是熟悉的。等体内重新贮满了力量,他又瞬间活了过来,开始继续跋涉。他的身体在酸痛与疲惫中煎熬,他冰冷而麻木的额头沾着冰雪的碎屑,看上去就像一个雪人。一切都是熟悉的。他艰难地走在边境线上,他摇摇晃晃的身体里好像装着去年的记忆。他喜欢这种熟悉的感觉,如同自己的不存在。当他的视线里有一个黑点在跳跃,他顿时吃了一惊,同时整个视野变得无比开阔。那是狼王,它站在不远处,同样吃惊地注视着他,目光显得恍惚而又迷离。一种东西在他体内动荡起来,那淤积在身体深处的孤寂如同被点燃了般,在他体内燃烧起来,他感到无比的畅快,终于,他向着同样孤独的天宇发出了一声长号。他的号叫同样激励着狼王,它昂起头,对着天宇发出同样的嚎叫。

等到第二年的春天，老田给他带来了一窝鸡崽，足有五六十只，装在一个大纸箱里，叽叽喳喳地挤成一片。看到魏远征纳闷的眼神，老田哈哈一笑说，老伙计，我知道你心里空得慌，有些活物陪你，总是好些，再说，你不是喜欢吃鸡肉吗？过不了几个月，你就有口福了。魏远征不言语，只是低头看着那些鸡崽，鸡崽的眼睛漆黑透亮，如同孩童似的眼睛，它们对着他叫着，充满着对这个世界的好奇。那些鲜嫩的声音，如同长着一层绒毛，挠着他的肌肤，他感到痒，忍不住哆嗦了一下。

老田走后，把他的气息和声音也带走了。他回味完老田的一切，便把注意力集中在那些鸡崽身上。他给鸡崽喂的是用热水烫过的苞谷面，鸡崽吃得欢实，一个个嫩黄色的嘴角上还挂着苞谷面的碎屑。一只个头稍大点的鸡崽昂着头对他一个劲地叫。他把它从纸箱里拿出来，放在掌心。鸡崽的小爪紧紧抓着他的掌心，让他半个身子发痒、发酥。待在一旁的哈罗对着鸡崽一个劲地狂叫。鸡崽身子一歪，从他掌中滑落到地上。他吃了一惊，不过鸡崽并没有什么意外，它站在地上，来回走动，并对哈罗充满好奇，用自己的尖细的嘴啄着哈罗的前爪间的毛。哈罗一动不敢动，由着鸡崽啄食。鸡崽昂起头对着哈罗叫个不停，哈罗发自内心地稀罕那一团抖动的嫩黄，它伸出舌头，舔了一下鸡崽，鸡崽的半个身子被舔得湿乎乎的，鸡崽明显受到惊吓，半歪着身子跑开了。魏远征不由哈哈大笑起来。

9

老田走后一个月的一天下午,他带着羊群正巡视着边境线时,哈罗突然发出一阵狂叫。哈罗的狂叫显得怪异,里面除了警觉、提醒,还有一种莫名的兴奋。魏远征顺着哈罗狂叫的方向望去,不由也吃了一惊,竟然是一个人,像个纸片似的,从草原深处飘来。人越来越近,走得摇摇晃晃。当那个人走到跟前时,他身上散发的气息再次让魏远征一阵眩晕。那是个陌生男子,三十岁左右,青灰的脸上沾有尘土与草屑,眼睛里一片空洞,身子瑟瑟发抖。现在已是夏天,他的抖并不是出于寒冷,而是出于极度的疲惫。他舔了一下起皮的嘴唇,嗓音沙哑地问魏远征有水吗,魏远征把军用水壶递给了他。他的眼睛一下子发亮,一扬脖,把水喝得一滴不剩。魏远征又把包里的半块馒头递给了他。他狼吞虎咽地吃了起来。吃完馒头,他整个人像根面条似的瘫软在草地上。魏远征对眼前这个陌生人充满疑问,他弄不清他走了多久的路才能来到这里,更弄不清他的企图。陌生人休息了一刻钟,又挣扎着起来,这才对魏远征表示感谢,他脚步蹒跚地向边境线走去。魏远征这才缓过神来,挡在他面前,嘴里蹦去两个干涩的词:不行。他的发音吓了陌生人一跳,他困惑地望着魏远征。魏远征扯了扯右臂上的红袖章。陌生人盯着看了好久,这才弄清楚魏远征的身份。他面露出哀求之色,可怜巴巴地说,你就行行好,让我过去吧。不行!魏远征突然怒吼了一声,脸上的表情严肃得吓人。陌生人哆嗦了一下,又继续哀求道,我在这边已经没有活路了,只能去那边碰碰运气,你已经算是救了我一次了,就再救我一次吧。魏远征没有废话，干脆把手里的猎枪端在了手里。哈罗一看他的举动，立马领会到什么，对着陌生人发出阵阵狂吼。陌生人绝望了，他瘫在地上，发出撕心裂肺般的哭声。但他的哭声并没有让魏远征心软，他死死盯着陌生人，眼睛里是一片冷光。

陌生人终于不哭了。他面如死灰般地向草原深处走去。魏远征望着他单薄的背影，一种东西慢慢涌了上来，让他心里发堵。他吼了一声，陌生人站住了，并转过身来，眼睛里有一种希冀的光。他走到陌生人身边，向远方看不见的住所指了指，嘴里嘟囔着什么。陌生人没明白，但显然不是让他过境，他沮丧地坐在草地上。

陌生人最终还是跟着魏远征回到了住所。当天晚上，魏远征像慷慨的哈萨克人一样，给陌生人做了丰盛的晚餐，除此之外，他还给陌生人准备了路上的食物，除了馒头、咸菜，还有一大块风干肉。他认真地把这些食物放进一个黄挎包里，递给了陌生人。陌生人懂他的意思，他沉默不语，喉头一个劲地上下滑动。做完这一切，魏远征拍了拍手，示意陌生人坐下来吃饭。望着眼前的一大盘兔肉和羊肉，陌生人突然变得兴奋起来，他问魏远征有没有酒？魏远征给陌生人倒了半缸子苞谷酒。陌生人不愿意了，说，一个人喝酒有什么意思，你也得喝点，算我求你啦。魏远征迟疑了一下，给自己也倒了半缸子苞谷酒。陌生人端起缸子和他碰了一下，先是表达对他的救命之恩。魏远征摆了摆手。陌生人认真地说，如果不碰见你，后果真是不堪设想，我已经走了两天两夜了。你—从哪里—来？魏远征干涩地问道。乌拉镇，陌生人说道。魏远征知道那个镇，离这差不多有一百公里。喝了酒的陌生人话格外地多，不用魏远征发问，他就把自己的事情掏了个底朝天，他靠贩牛过活，前不久到外地进了一大批牛，没想到是病牛，还没到镇子，牛就死了大半。他的眼泪又下来了，我没有多少本钱，钱都是借亲戚朋友的，当初以为这么便宜，一定能挣一大笔，哪想到牛有问题，我现在真是走投无路了啊……魏远征沉默不语，只是喝下了一大口苞谷酒。在酒精的作用下，陌生人的悲伤又很快过去，重新变得活泛起来，就像有一种无形的东西支撑着他似的。他很快便喝完半缸子苞谷酒，又向魏远征要酒。魏远征给他倒上。他喝下一大口，话像泉水般涌动。魏远征默默地听，那些语言就像是更醇香的酒，让他沉醉不已。

陌生人醉得不省人事，整个人都歪在地上。魏远征把陌生人扶到床上，给他盖好被子。魏远征从衣柜里拿出备用被褥，铺在一块门板上。出于习惯，他躺下前，把那只猎枪放在门板边。或许是由于喝酒的缘故，魏远征有些兴奋，其实也不是，他兴奋的真正原因是由于屋里有了陌生人的存在。陌生人发出响亮的呼噜声，还有他的气息，把整个屋子灌得满满当当，更把魏远征心里灌得满满当当。他感到一种满足，就着昏暗的马灯，他觉得外面的世界近在眼前。

魏远征做梦了，梦见了刘爱珍。刘爱珍还是那张甜美的笑脸，她向草原深处跑去。奇怪的是草原深处有一条深不见底的沟，他向她呼喊，但她听不见，离沟越来越近，他不由大喊了一声……他被自己的喊叫惊醒，正看见陌生人站在他面前，手里举着一块石头。他猛然睁开的眼睛吓了陌生人一跳，魏远征瞬间意识到什么，不到一秒的工夫，他已经用枪口抵住了陌生人的胸膛。魏远征怒不可遏，手指触到了扳机，他只要稍一扣动，陌生人胸前便会留下一个血窟窿。陌生人手里的石头无力地掉落在地上，浑身战栗不止。但奇怪的是，陌生人身上的气息又让他心里产生一种惶惑、一种眩晕。那种奇怪的感觉一点点在平息他的怒火，最终，他变得心平气和起来，他收起枪，只是阴冷地望着陌生人。陌生人蹲在地上号啕大哭起来。魏远征没有理他，倒头就睡。

　　魏远征第二天起来，陌生人直挺挺地躺在床上，眼神如同木刻般一动不动。魏远征没有理他，吃过早饭，便赶着羊群踏入了草原。下午，魏远征带领着羊群巡视完边境线，羊群重新没入草原深处时，魏远征才突然又想起那个陌生人。他瞬间被一种恼怒充满。他躺在草地上，望着天空，天空的云在缓慢地流动、变幻，他竟然不知不觉地睡了过去。半个小时后，他猛然惊醒，看到羊群在不远处吃草，哈罗也在不远处回望着他。不用说，羊群之所以没有走远，都是哈罗的功劳。他向羊群走去，而羊群向更丰茂的草地走去。当远处的住所呈现出一个黑点时，一种东西在慢慢推动着他，让他陷入无法说清的焦虑当中。他手中的鞭子响了。头羊困惑地扭头望了他一眼，羊群也困惑地望了他一眼，就连哈罗也困惑地望了他一眼。它们眼神里的清亮，突然让他觉得脸红，就像一种秘密被看穿了似的。他不由有些恼怒，他手里的鞭子再次响起。哈罗开始吼叫，催促着羊群返程。头羊动了，羊群也跟着移动，那一道道流动的白色，如天上的云朵掉落在绿色的大地上，并且继续飘荡。

　　在草原的边上，魏远征的羊群与鸡群不期而遇。那群鸡崽已经长成半大的鸡。半个多月前，他不再给它们喂食，而是把它们驱赶到草原边上。草原里有各种昆虫，对它们来说那是最好的美食。他只驱赶了一次，接下来，他所做的就是把鸡圈的门打开，让它们自己觅食。鸡崽是有记忆的，跟着羊群的后面踏入草原，每天黄昏时分，便自己回来。但今天，他比往日早回来了近一个小时，鸡群看见他们显得无比兴奋，一个个支棱着翅膀，在他的脚边跑来跑去，更在哈罗的脚边跑来跑去。与魏远征相比，哈罗更稀罕鸡群，无论鸡群怎么无礼，它都能容忍。就像此刻，一只大胆的鸡，飞到哈罗的背上，啄食着它的脑袋。哈罗慢慢卧下，半眯着眼，一副享受的模样。魏远征看到眼前的一幕，想笑，却又笑不出来，一种东西把他的脸皮绷得紧紧的。他甩动了鞭子。哈罗打了个激灵，猛然站起，背上的鸡掉落在地上，鸡明显受到了惊吓，发出咯咯的叫声。羊群出了草原，鸡群观望了一会儿，也跟着出了草原。

　　魏远征把羊群关进羊圈，急慌慌推开了房门，饭桌上留给陌生人的早饭已经扫荡一空，但那个黄挎包里的食物却几乎没动。屋里并没有陌生人的身影。他弄不清陌生人是不是走了，如果真走了，那他应该带着黄挎包才对。他出了屋子，围着羊圈转了一圈，还是没有发现陌生人的踪迹。他蹲在屋前，卷起一支莫合烟，点燃后，恶狠狠地抽了一大口。由于抽得太急，他发出阵阵咳嗽。哈罗过来，困惑地望着他。他嘴里说着含混不清的言语。但哈罗懂了，接着便奔跑出去。他连抽了两支莫合烟，哈罗才回来，对他发出一声清亮的叫声。他有些奇怪，难道那个陌生人真的没有走？哈罗对着连队的方向又叫了一声。魏远征站起来，望着连队的方向。果然，没多久，他便看见陌生人向他的住所走来。

　　陌生人越来越近，魏远征右脸的肌肉开始神经性地抽动，他打了一拳，痉挛消失了，却热辣辣一片。等陌生人走到眼前，他低下头不看陌生人，而是又卷起了一支莫合烟。莫合烟的纸张由于裁剪时有些不规则，他怎么卷都卷不好，他索性把莫合烟一扔，回屋去做饭。陌生人也回到屋里，坐在一边的一张板凳上，就像在与谁赌气，气乎乎地看他做饭。饭好后，魏远征张了张嘴，但他最终什么也没说，只是把另一只碗重重地放在了饭桌上。陌生人也不言语，端起碗就吃。陌生人响亮的咀嚼声，让魏远征顿了一下，他细细听着陌生人发出的声响，就像无意中闯进了一个神秘地带。

吃过饭，陌生人倒头就睡，睡在魏远征的床上。魏远征只好睡在床板上。陌生人的呼吸颇不均匀，就像一个人在走夜路，高一脚，低一脚，不免让魏远征担忧起来。半夜时，他听到陌生人起来，他瞅了一眼，看见陌生人手里拿了一截绳子。陌生人出了门。魏远征觉得奇怪，便也跟了出去。哈罗也早已惊醒，对着陌生人发出了吼叫。陌生人不理视，在明晃晃的夜色里向羊圈后面走去。魏远征示意哈罗安静，哈罗立马闭嘴。魏远征跟到羊圈后面，看见陌生人在一棵大榆树下停了下来，把绳子甩在榆树的一根粗大的横枝上，然后就开始搬砖。砖垒好后，足有三十公分高，陌生人踩了上去，并且拉了拉绳子。魏远征这才明白陌生人想自杀。但魏远征更糊涂了，他有一整天的时间可以干这事，为啥半夜跑到大榆树下，只有一种解释，那就是他一天都在鼓足勇气。陌生人把绳子套进脖颈，脚下的砖在晃动，但陌生人迟迟没有舍弃脚下的砖。魏远征看出了陌生人内心的挣扎与纠结，但自杀这种事一旦迟疑，纯粹就是一种自我欺骗。魏远征放心了，他转身就走。他拉开房门的一瞬，听到隐约传来的哭泣声。他进了屋，躺下，瞬间便睡了过去。他在睡梦中，隐约听到哈罗发出的叫声，接着便是房门响的声音，再接着便是陌生人在床上辗转反侧的声音。但这些一连串的声音，并没有把魏远征吵醒。

魏远征第二天起来，陌生人还睡着，并且发出了呼噜声。他估计陌生人应该睡着不到一个时辰。他做好早饭，照例给陌生人留了一份，陌生人的那份起码多出近一倍，如果陌生人今天不走，那可以再当成午饭。他吃完饭，打开羊圈，带上哈罗，踏上了新一天的征程。踏入草原的一刻，他回头看了一眼低矮的屋子，心里突然有一种格外踏实的感觉。魏远征放牧归来时，比往常还是早了半个钟头。他得承认，陌生人就像一根神秘的丝线，在无形之中牵动着他。他把羊群关进羊圈，再一次迫不及待地推开房门。陌生人还在。他不由长出了一口气。陌生人望着他，呆滞的目光里有一种新鲜的东西注入，陌生人几乎是好奇地盯着他。魏远征受不了他的目光，右侧脸上的肌肉又开始隐隐地抽动。他为了缓解内心的尴尬，他卷起了一支莫合烟。晚饭是陌生人做的。陌生人做的是揪片子。这是一个费事的饭，先要和面，当他惊奇地看着陌生人把手里的一大团面反复揉搓，陌生人嘴里发出哼哧哼哧的声音，额头上的汗珠也掉落下来，就像用全身的力气来对付那团面。魏远征感觉到陌生人散发出的一种活力，他彻底放心了，陌生人再不会去寻死了。

饭做好后，陌生人先是给他端来了一大碗。他起码有一年没有吃过揪片子了，他吞下一大口，整个肠胃都发出一大片欢呼声。吃过饭后，陌生人主动洗碗。魏远征抽着莫合烟，看着陌生人的一举一动。陌生人收拾好后，拿起窗台上的两个小塑料袋问他是不是种子。

那是老田春天来看他时,给他带来的,让他没事时可以种点菜。魏远征只是长久地望了一眼,没有言语。他不说话对陌生人来说就等于默认。他说他到连队那边看了,完全可以在那边种菜。魏远征还是不言语。晚上睡觉时,陌生人主动睡在了木板上。魏远征也不客气,径直上了床。床上留有陌生人浓烈的气息,他嗅着陌生人的气息,很快入睡。

  早上,魏远征一睁眼,便看见陌生人在做早饭。魏远征起来后,陌生人已把早饭端到了饭桌。吃过饭后,魏远征出门了,带着羊群向草原进发。陌生人也出发了,拿着铁锹向连队进发。魏远征巡视回来,还是早到了半个小时。他把羊群关进羊圈,推开房门,却看见陌生人正在做饭,做的还是揪片子。饭好后,陌生人吃得狼吞虎咽,陌生人吃好后,把嘴一抹说地里的活还没完,他得接着干。魏远征这才明白,陌生人之所以提前回来,完全是由于要给他做饭。他吃过饭后,把碗洗掉,抽了一支莫合烟,便出了屋,天还没有黑透,他望着连队的方向。他其实是想看看陌生人是怎么种菜的,但他最终还是把这种好奇压了下去。他重新回到屋里。陌生人是什么时候回来的,魏远征记不清了,他正睡得欢实,在迷迷糊糊中听到屋里有声音传来。但那种声音带给他一种踏实感,他翻了个身,继续睡去。

  陌生人一连种了三天菜。三天后,陌生人主动要求和他一起去放牧。魏远征还是没有言语。但他的沉默让陌生人眼睛发亮。当羊群在草原深处安静地吃草,最先发现狼的是陌生人。当风吹过,压低青草时,陌生人才意识到是一个狼群,足有三十多只。他的脸色一下子苍白如纸,惊叫道,狼群,狼群。魏远征对他的惊呼显得无动于衷，甚至都没有从背上解下猎枪。更让他奇怪的是哈罗。哈罗只是望了一眼，连一声吼叫都没有发出。魏远征脸上的漠然让陌生人摸不着头脑，他只好把手里的一根棍子死死握紧。狼群越来越近，陌生人心惊胆战地望着狼群，又转过头来提醒魏远征。魏远征看都不看，扭头望着更远的远方。一只格外高大的狼越来越近，陌生人甚至能看清它凶残的目光，以及从鼻尖到脊背的一条白线。陌生人紧张得几乎喘不上气，他推了魏远征一下。魏远征望了一眼狼王，目光里是柔和的光。令他惊奇的是，狼王也在望着魏远征，并且用前爪在草地上刨着什么。陌生人弄不清狼王的用意，但狼王突然又向远方跑去。狼群远了，陌生人如同虚脱般，瘫在地上，他弄不清狼群为何不袭击羊群，更弄不懂魏远征为何会如此懈怠。

当魏远征带着羊群走到边境线时，陌生人注意到魏远征脸上有一种肃穆的神情，就像那条小道是通向天堂的阶梯。陌生人不言语，小心翼翼地走在那条边境线上，表情陷入一种深思，就像在用心体会什么。等走完边境线，陌生人不解地问魏远征，这就是你每天的工作？就是反复走这条边境线。魏远征照例不回答。陌生人还在发问，你一个人孤独守在这里，到底有什么意义？魏远征还是保持沉默。陌生人不再说话，他的目光顺着边境线在两边游离，一会儿在这边，一会儿又在那边。

10

陌生人叫宋词。当陌生人告诉他自己的名字时，魏远征愣了。陌生人笑了笑说，是的，我叫宋词，我父亲酷爱宋代的诗词，再加上他姓宋，便给我取了这个名字。魏远征嘴里发出含混不清的声音。陌生人照例没有明白，但他低下头说，我父母都是镇上的老师，他们很受人尊敬，他们现在都退休了，如果他们知道我欠了亲戚朋友一大笔钱，无论如何是不会原谅我的。魏远征还是不说话，他错过宋词脸上的羞愧，望着远方，远方是涌动的青草，像要涌到天边去。巡视回来后，照例是宋词做饭，做完饭后又是急匆匆吃完，他说要去给菜浇水。魏远征吃完饭后，按捺不住内心的好奇，向连队走去。他在连队的机井附近看到了宋词围起的菜园。他把两家的自留地围起来，足有四五分地。宋词之所以选择那两家，不用说，是为了浇水方便。连队的机井刚开始时，水流很大，但随着水位下降，现在的出水量不及过去的三分之一。宋词种的有辣椒、茄子、西红柿、豆角还有小白菜。小白菜已经长出翠绿的叶子。看到魏远征过来，宋词用手里的水瓢指着翠绿的小白菜说，要不了半个月，咱们就能吃上新鲜菜了。魏远征不说话，只是拎起水桶去提水。

十天以后，宋词跟随着魏远征巡视回来，便拎着篮子向连队走去。他回来后，篮子里是绿油油的小白菜。小白菜在空气里散出了一股特有的清香，让魏远征觉得心旷神怡。宋词多少有些得意地说，今晚的揪片子绝对不错。宋词说得没错，当他把漂着菜叶的揪片子端到魏远征面前时，魏远征迫不及待地吃了起来。他得承认，宋词做饭是一把好手。

宋词跟随着魏远征巡视了整整一个月。这一个月，宋词慢慢适应了草原的氛围，也变得不爱说话。当然，他不再对一切感到大惊小怪。当狼群突远突近地在视线里出现，他的神色已归于平静。他清晰地触摸到狼群与魏远征以及羊群之间保持的一种默契，他们在草原上互不侵犯，和平共处，甚至相互关注，就像一对奇怪的近邻。当狼王向魏远征走来，从凝视里离析出一种奇怪的亲近时，宋词便对着狼王发出热烈的呼喊。狼王抖动了一下耳朵，表示回应。狼王的回应让宋词欣喜若狂，他开始了号叫，就像变成了另一只狼。狼王的目光变得犀利起来，它转身向远方跑去。宋词不明白了，他问魏远征，是不是他的号叫让狼王恼怒。魏远征不回答，只是冷冷地扫了他一眼。倒是哈罗过来围着他转了一圈，伸出舌头舔了一下他的手心。现在的哈罗完全对他改变了态度，甚至视他为半个主人，或许是由于魏远征过分严肃，哈罗从宋词身上嗅出更多的活力，它喜欢和宋词打闹，一次次将他扑倒，等着他爬起来，再次把他扑倒。但每次走到边境线上时，宋词的神情变得有些紧张，他就像想从每一处留下的足迹里挖掘出什么似的，走得格外小心，也格外慎重。每次离开边境线时，他都要回头望上一会儿，表情显得深沉而又复杂。

宋词的变化魏远征看在眼里。他在心里不免暗暗吃惊，宋词的整个精神状态可以说是发生了翻天覆地的变化，不再是一副死样，短暂的新奇过后，他整个人都变得冷峻起来，充满了一种孤独的属性。魏远征的嗅觉是极其敏锐的，宋词的气息也发生了变化，不再是热哄哄的一团，而是散发出一种清冷。魏远征不动声色地观察着宋词，但心里一种预感越发清晰起来。

果然，那天巡视完边境线，羊群没入草原深处，他们坐在一处草地上，看着羊群在吃草，谁都不说话，就像在进行一场沉默比赛。宋词突然说道，我—明天—该离开了。宋词的语言并不流畅，就像受到了魏远征的感染。魏远征还是吃了一惊，他把扭了一半的头又硬生生地扭回来，但身子一颤。他望着远方，远方是波动的绿色，让人如醉如痴。

巡视回来，魏远征没有让宋词动手，他宰了两只小公鸡，炒了满满一大锅，然后又把第二天宋词路上的吃食准备好。弄完后，两人在饭桌边坐了下来。不用宋词提议，魏远征给两人倒了满满两缸子苞谷酒。宋词主动端起了缸子，和他碰了一下，喝下去一大口。酒下去，宋词的情绪变得激动起来，魏兄，我得感谢你，和你巡视这一个月，让我感触很深，我不知道你是如何能一个人坚持在边境线，到今天我仍然不知道，但我从你身上汲取到一种力量，那种力量让我有足够的勇气去面对我自己的生活……魏远征的喉头滚动了一下，他卷起一支莫合烟抽了起来。宋词的眼泪流下来了，这些天，我无时无刻不在关注你，虽然你看上去就像一块坚硬的石头，但我可以感受到你有情感、有担当，更有责任。我只是不知道，你这样孤独到底还能坚持多久，这简直太不可思议了……魏远征手一抖，一颗莫合烟火星子掉落在裤子上，瞬间钻了进去，他感到大腿上的皮肤传来一阵烧灼。但他还是不动，那种烧灼般的痛楚让他感到此刻万分真实。

第二天一早，吃过早饭后，宋词就要启程了，魏远征赶着羊群又开始了一天的巡视。在分别时，宋词紧紧抱着哈罗，泪如雨下。哈罗预感到什么，目光也变得忧伤起来，嘴里发出哼唧声。宋词最后站起身，想和魏远征拥抱一下，但魏远征脸上仍然是凛然之气，看不出有任何伤感。宋词向魏远征深深鞠了一躬，然后转身向东南方走去。宋词走了几步,又转过身来,但魏远征赶着羊群正走向另一条土路,那是通向边境线的路途。魏远征的背部僵了一下,他意识到宋词再次向他道别,但他并没有转过身,而是猛地挥响了手里的鞭子,羊群发出咩咩的叫声,加快步伐向草原漫去。

到了草原,魏远征才开始感到孤单。他这才发现人性的脆弱,人是经不起陪伴的,此刻,他竟然感到整个草原是一片死寂。他突然有些恼恨宋词,当然,他更恼怒自己。为了对抗此刻的寂寥,他突然打开了收音机,并把音量开到最大,让里面的声音彻底把自己湮没。下午,巡视完边境线,当羊群在草原深处吃草,他心里猛然被什么拨动。他挥响了手里的鞭子。哈罗奇怪地看了他一眼,头羊也困惑地看了他一眼。他手里的鞭子再次响起。哈罗发出了阵阵吼叫,羊群向住所的方向漫去。

他带着羊群回到住所时,比平时早了半个多小时,他把羊群赶进羊圈,便向房屋走去。走到门口,他伸出的手有了片刻的犹豫,推开后,屋里空空荡荡。宋词走了,真的走了,就像他从来没有来过一样。一种巨大的失落片刻间将他彻底吞没。他从昏暗的屋里出来,向连队走去。他来到机井边的那块菜地。菜地的菜长势喜人,西红柿还有豆角都已经上了架。当然,那些架子是宋词搭的。他进入菜地中间,默默地坐着,就像在体会着宋词留下的气息,更像是倾听着蔬菜的心声。他听到了"咿咿呀呀"的声音,就像是一个婴儿在开口说话,他低下头,观察着绿色的菜,发现青菜的叶子绿中泛白,一副干渴的样子。他拎起水桶便向机井走去。他拿起水瓢给一丛青菜的根部浇了一些水,根部的泥土发出刺啦一声,并冒出细小的白气,接着便是青菜如同婴儿吮吸乳房的"咕咕"声。那声音，既急切，又贪婪，听着让人迷醉。等他把菜浇完，天已经黑透了，那边传来哈罗焦急的吼叫声。但他并不想回去，他像一块沉默的石头坐在菜地中间一动不动。

第二章

1

  宋词走后,他巡视回来的时光却变得异常忙碌而充实。他其实并没有怎么种过菜,连队里的菜都是由副业队的人种,他只管吃便是,但关于怎么种菜,他还是知道一些常识。正是这不多的常识帮了他大忙。他喜欢在菜地里忙碌,那些绿色的蔬菜如同一个个嗷嗷待哺的婴儿,需要他去喂养,去摆弄。在他的精心侍弄下,绿色的蔬菜如同见风长的孩子,每天都焕发出新的样貌与活力。茄子已经结出紫色的果实,在夕阳下闪着妩媚的光泽,大辣子也是一样,像一个个绿色的小手雷,隐藏在狭长的叶子间。还有西红柿,虽说只有食指大小,但仅仅一天的工夫,它们便几乎长成拇指的轮廓。他仔细观察着各种蔬菜每天的细微变化,这让他感觉到每天都是崭新的,都是如此充满生机,他体会到一种极大的乐趣与满足。当然,那些蔬菜还给他每天的饭食带来了营养与丰富。当蔬菜茁壮起来的时候,他根本吃不及,那些西红柿说红就红一片,还有豆角,沉甸甸地挂在架子上,架子发出吃重般的喘息声。当然,他不会让那些蔬菜白白烂掉,他把豆角摘下来,用开水烫一下,慢慢阴干。到了冬天,用来炖肉,简直鲜美无比。西红柿也是一样,装在瓶子里蒸上半个多小时,等待冬天时享用。他还晒了辣子皮、茄子干,并且小白菜过季后,他又种了大白菜和萝卜。等他把菜地的菜收拾完毕,他蓦然发现秋天已经到了。

第三年的第一场雪过后，狼王主动来找他帮忙。那天早上他刚起来，便听到哈罗发出响亮的吼叫声，声音里既有欣喜，还有一种警觉。他推开门便看见狼王站在房屋三十米的地方。看见魏远征出来，狼王像个孩子似的在原地跳动了一下，嘴里发出哈罗似的哼唧声。经过一次次与狼王的对视，他现在已经完全能读懂它的心情。他立刻明白，狼王有事相求，他回屋带上特制的药膏和绷带便跟着狼王向草原深处走去。当然，他并没有忘记背上那杆猎枪。哈罗也跟了过来。他犹豫了一下，并没有让哈罗回去。狼王带着他一直走到草原深处，走到草原的一处低地，他看见一只狼卧在里面，后腿流着黑红的血。或许是由于受伤的缘故，受伤的狼看见魏远征，龇着炫目的白牙，发出阵阵凶残而犀利的叫声。狼王走过去，嗅了嗅它的伤口，嘴里发出一种威严的低哮。受伤的狼立马安静下来，目光柔顺地望着狼王。

　　魏远征过去，哈罗还是有些担忧，对着受伤的狼发出阵阵吼叫。魏远征示意哈罗别叫。哈罗住了嘴，但喘着粗气，目光里凝聚着警惕。魏远征蹲下，仔细察看了一番，才发现狼的后腿已经被完全咬断，他拿出药膏抹在狼的受伤处，又找来两根坚固的树枝作夹板，用绷带缠好。魏远征在处理的过程中，那只受伤的狼一动不动，只是用眼睛盯着哈罗。魏远征处理完后，从低地上来，回头看了一眼受伤的狼，狼王正在嗅着它包扎好的后腿，目光里有一种温柔之光。魏远征才蓦然发现，那只受伤的公狼是它的情人。

　　由于去救助受伤的狼，那天启程比平时整整晚了一个半小时。巡视回来，天已经完全黑透。他简单做了些吃的，便上床休息。第二天一早，他便听到哈罗发出的吼叫声。他拎上猎枪出门，又看见了狼王。狼王嘴里叼着一只野兔。看见魏远征，它把咬死的野兔放在地上，然后转身向草原深处跑去。

　　三天以后，他带领着羊群巡视回来，天还亮着，接近住所时，哈罗突然开始狂叫。魏远征这才注意到门口的一根柱子上停留着一只鹰。哈罗冲到柱子下面，对着那只鹰又是一阵吼叫。那只鹰并没有起飞，只是紧紧收拢着羽翅，目光锐利地盯着哈罗。魏远征心里一动，觉得是那只一次次出现在他视线里的鹰，他制止住了躁动的哈罗，张开双手，一点点走近那只鹰。鹰对他的接近，并没有表现出任何警觉，恰恰相反，它垂下头，啄食了一下自己的黑羽。当魏远征伸手触摸到它的羽毛时，它扭头望着远方的雪原。魏远征一点点展开它的翅羽，才发现它的右翅渗出血来，并且羽毛凌乱，估计是从高空俯冲下来时，被岩石或坚硬的树枝之类的东西刮伤所致。他回到屋里，拿来药膏，涂抹好后，再用纱布包好。那只鹰伸展了一下羽翅，还是待在木桩上没有起飞。魏远征剁了一些兔肉放在木桩下面。鹰歪斜着身子，展开羽翅试了试，最终还是放弃了。他便把兔肉一块块喂给那只鹰。鹰的动作简洁而准确，快如闪电般把兔肉啄进嘴里。

　　那只鹰在那根木桩上整整停留了一个星期，魏远征每两天给它换一次药，到了第三天，那只鹰便可以自己飞到地上吃肉。一个星期后的黄昏，他回来后，给鹰喂完兔肉，鹰便发出辽远而空旷的鸣叫，如同是天空本身发出来的回音。魏远征吃了一惊，这是它第一次鸣叫。那只鹰展开翅膀，扇动着飞了起来，眨眼的工夫已经盘旋到半空，那只鹰又突然俯冲下来，准确无误地落在那根木桩上。它在木桩上停留了近十分钟，然后再次起飞，融入天空的暮色之中。

鹰飞走的第四天黄昏，魏远征巡视回来，哈罗又发出了吼声。他又看见了那只鹰，它落在木桩上，令他惊奇的是，它的右爪下是一只还在挣扎的野兔。看见魏远征和哈罗过来，鹰的右爪一松，那只野兔掉落在地上，野兔明显受了伤，并尝试着逃跑，但被哈罗扑上去一口咬住。那只鹰站在木桩上望着远方。它停留了一会儿，突然展翅飞起。魏远征仰头望着那只越飞越高的鹰，心里不免一阵激动。

2

第四年的春天是从一场风开始的。在魏远征的记忆中，前一天整个草原上还弥漫着一股淡淡的寒气，草在枯黄之间泛着灰白，但第二天早上，当他把羊群赶进草原，风呼啦啦就起来了。风并不是太大，但却吹亮了他的眼睛，更吹醒了整个草原。那些隐藏的绿，如同雨后春笋般，被风吹去了束缚，勇敢地坦露出来。风一点点漫过草原，直漫出满目的绿色，就像那些绿意是被风开垦出来了似的。风很暖，吹得魏远征有点晕晕乎乎，如同醉酒了似的，他望着眼前的奇观，第一次觉得草原是那么清新，可又是那么陌生，好像他从来没有走进去似的。当然，这并不是他的错觉，草原那么大，而他的羊群不过一百多头，为了巡视边境线，他已经习惯了走固定的路线，让羊群吃固定的草。就在那一刻，他决定要让自己的足迹踏遍整个草原。

这种想法让他激动不已。从春天的第二天开始，他便带领着羊群走向了另一条路线。那条路线与过去的路线相比，到达边境线最少晚一个时辰，并且是从西向东巡视。但这又有什么要紧的呢，他和他的羊群有的是大把的时间。这是他的草原，可他竟然连自己的草原都没有走遍，这简直是一件耻辱的事情。当他意识到这是他的草原时，他为自己的这种想法吓了一跳，但同时也激励着他，让他有了一种豪气。是的，这是我的草原。他在心里再次对自己说道。那道无声的言语在他胸腔之间回荡，如同激流响彻山谷。他望着眼前的草原，心里第一次有些仁爱与悲悯。

不适应的是羊群。当他的鞭子指向另一个方向时，头羊明显顿了一下，它扭头望着魏远征。哈罗也觉得奇怪。但魏远征脸上是毋庸置疑的表情，他手里的鞭子又响了。哈罗首先反应过来，对着头羊一阵狂叫。头羊顺着鞭子的方向开始前行。但当羊群进入草原之后，羊群变得兴奋起来，对它们来说，陌生的环境带给它们的同样是新奇，并且视线里的草看上去更新鲜，也更肥美。它们向草原陌生的深处挺进，并用声声咩叫交换着彼此的感受。

到达边境线时，已近正午，头羊望着边境线显得恍惚，就像那条边境线是全新的似的。当然，魏远征也觉得新奇，不同的时辰，还有不同的走向带给他一种不同的体验。当他走在那条边境线上时，连脚下的泥土传递过来的都是不同的声响。他感觉到了，他相信羊群也感觉到了。羊群走着走着，就会突然停下，观望着什么，又像是判断着什么，最终在哈罗的催促下，又重新迈开了步伐。

巡视完边境线，魏远征照例没有按日常的路程返回，而是重新开辟了新的线路，虽然那条线路比平常回去估计要晚上半个小时，或者一个小时，但那有什么要紧的呢。他突然像个傻子似的嘿嘿笑了起来。当他的鞭子指向新的路线时，头羊只有了瞬间的迟疑，便向右侧方走去。羊群在草原深处吃草的时候，魏远征也没有闲着，他在认真察看着每一处草的长势，并且分辨着那些草到底是什么草，归于哪个种类，还有那条线路上草地的高处与低处，他琢磨着它们是怎么形成的，是雪水的缘故，还是动物的缘故。他越观察越觉得心惊，这片草原他走了二十多年了，他几乎对它们一无所知，每天只是在那傻乎乎地走，只对表面的轮廓有个大致的了解，而对草原深处发生的事情不闻不问。但问题是，他现在是草原的主人，他得对草原的一草一木负责，更得知晓草原上各种生灵的来龙去脉，只有这样，他才是一个合格的主人。

他的这份担当让他变得格外忙碌。整整一个夏天，他都在忙于补课，当羊群没入草原深处吃草时，他便对这片草原进行观察研究。那片草原到底有多少种草，每种草开的是什么花，结的是什么种子。纵使出了草原，对草原边上的灌木丛，他也开始仔细观察，除了红柳，还有铃铛刺，但那红得艳丽的植物，他却死活叫不出名，他整整思索了两天，才豁然开朗，那是野刺玫。

从夏天到深秋，他带领着羊群走遍了整个草原，他顺着草原的肌理，摸清了草原的整个地势，虽然草原看上去一马平川，但其实还是东高西低，并且草原上分布的物种也不一样，比如说东西方的那片草地，老鼠洞特别地多，但奇怪的是过了那片草地，鼠洞一下子锐减，这让他困惑不已。还有，雨后的草原一些地方会长出蘑菇来，长得最多的还是草原的南面，并且蘑菇的种类也不一样，南面靠左的一片地方，长的是草菇，靠右长的是羊肚菇，靠前的地方是牛杆菌，而靠后的地方却是一个大杂烩，除了草菇、羊肚菇、牛杆菌，竟然还有松茸。更让他惊奇的是，它们所占据的面积也大致相等，就像四股势力在此消彼长中达到了一种动态的平衡。

当然，让他认识最深刻的还是草原上的生灵。首先是狼。除了和他达成和解的狼王所带领的最庞大的狼群，其他的狼还有十几群。那些狼群在草原上也占据着固定的领地，不过它们的固定都是相对而言，狼王所带领的族群在整个草原拥有绝对的权威，它们可以肆意地踏入别的狼群的领地，围猎、捕杀各种动物，而别的狼群只是驻足观望，不敢抗争。但当别的狼群踏入它们的领地时，被侵犯的狼群立马拿出十二分的胆气，与此针锋相对，直致把对方击垮为止。魏远征透过望远镜不止一次看到狼群之间的争斗与厮杀，场面之血腥与残酷让他常常震撼。他这才知道，狼死亡最大的原因，其实来自狼群之间的内斗。当然，他和他的羊群在草原上是个特例，不知是由于狼王所在的狼群给别的狼群传递了隐秘而独特的信息，还是狼群对他有一种天然的忌惮，那些狼群自从开始袭击过他的羊群后，草原上所有的狼群都对他和羊群敬而远之。

除了狼之外，草原上的动物其实也种类繁多，有羚羊、马鹿、草原斑猫、盘羊、野骆驼等。当然种类最多的是鼠类，有六七种，但他只认识田鼠与跳鼠，对其他几种，实在叫不出名。他这才意识到自己关于草原动物知识的匮乏，他暗下决心，要向了解兵二连一样，把整个草原弄个底朝天。

什么事物都是你关注到它的时候，它便在你的生活中频繁出现。当魏远征把注意力放在草原的生灵上时，越来越多的动物出现在他的视线里。那天下午，他终于踏遍了草原的最后一块领地，当羊群漫入陌生的草原之地吃草时，头羊突然扭过头来，对他发出了一声奇怪的咩叫。头羊的咩叫，同样中断了羊群的啃噬，它们也对着他咩叫。他觉得奇怪，更奇怪的是羊群的整体状态，由于每天都踏入不同的领地，羊群从最初的谨小慎微变得坦然起来，目光里充满着一种自由而浪漫的色彩。顺着头羊观望的方向，他才蓦然发现前面不远处竟然有七八只类似驴的动物。但家养的驴一般是黑色或灰白色，而眼前的驴却是深棕色，他立马意识到这是野驴。当羊群离野驴越来越近，尤其是哈罗发出警告似的狂叫时，那群野驴却如同入定般一动不动。但当羊群走到离野驴不到七八米的时候，那群野驴如同脱缰的野马般奔跑起来。魏远征带领着羊群走到野驴刚才聚集的地方，才发现草地上有一具盘羊的骸骨，但羊角完好无损，呈螺旋状，纹路细腻，如琥珀般透明，显得异常美丽。看着那对羊角，羊群嗅出了一种远亲似的味道，发出阵阵咩叫，透出一种哀伤。魏远征把那副羊角捡起，决定带回去挂在屋里。

　　发现野驴的一个星期后，野骆驼再一次闯入他的视线。他同样是在草原上第一次见。见到野骆驼的第一眼，他一阵狂喜，以为草原上出现了哈萨克牧民。当兵二连还没有撤销的时候，哈萨克牧民会不定期出现在草原上，他就遇见过两次，那两次让他印象深刻。哈萨克牧民一般都身材高大，骑在马上可以说得上威风凛凛，他们脸色黑红，见到人时，目光里有一种热望般的真诚。那时，他还不太懂。但现在想来，他才对哈萨克牧民目光里的深情有了一种体悟，那是被孤独刻画的结果，对人有一种天然的亲近与信赖。就像此刻，他多么渴望能够看到他们的身影。但那四五头骆驼附近并没有人的出现，再说哈萨克牧民一般只放牧马、牛、羊,还有,那几头骆驼和他见过的骆驼也不太一样,除了体型稍小外,驼峰也小了很多,他在一阵沮丧中才恍然大悟,那是野骆驼。哈罗见到野骆驼格外兴奋,用一阵热烈的狂叫表达着自己的心情。那几只野骆驼显得无动于衷,低头在草地上啃食着它们钟情的草。当魏远征慢慢走近野骆驼,野骆驼突然放弃了吃草,一个个扭头看着他,目光显得清亮而又恍惚,让他有一种临近而又遥远的感觉。他望着那些野骆驼,心里突然生出一种奇怪的喜悦与亲切,就像那些野骆驼是专门来拜访他的,宣告着它们也是这片草原的一分子。野骆驼和他对视了一会儿,然后又向远处的草原走去。

纵使冬天到了,草原上的生灵也并没有减少,它们在积雪里留下各种足迹,证明着它们的存在。在他白色的视线里,一些动物用灵动的身姿挑起他内心的单调,让他意识到白色覆盖下面的丰富。当然,对他来说,让他重新有了深刻认识的是那些麻雀。麻雀对于他来说,可以说是熟视无睹,但这寂寥的草原,一个人的所在,它们用喧闹的身姿与声响划破了他内心的孤独,让他流淌出喧嚣般的暖意。

他屋后有一棵大榆树,它们用喧嚣的鸣叫宣告着自己的存在。一天夜晚,他突然睡不着,便出去解手,路过那棵大榆树时,上面传来一阵窸窣。他嗓子突然一阵发痒,猛地咳嗽起来。那棵大榆树发出"嗡"的一声,如同炸开,飞舞出无数只麻雀,他这才意识到这棵大榆树是它们的栖身之所。冬天的麻雀显得异常肥硕,挺着肚皮站在雪地上、树枝上及屋顶上鸣叫,却唤起了他奇怪的食欲。他曾经吃过麻雀,清香骨脆。一天晚上,他带上电筒、麻袋和长扫帚便向连队走去。他径直来到连队的机务排。机务排有一排裸露的屋子,只有屋的框架，却没有门，供农机停放，现在那些屋子，不见一架农机，只有来来往往的风停驻。他进入一间，用电筒在屋角一照，屋角处黑压压一片，全是挤在一处的麻雀，麻雀在电筒的照射下，全部僵成一团，一动不敢动。他拿起长扫帚一扫便落下一片，那些落在地上的麻雀还是不动，他全部装进麻袋。他进了三间屋子，弄了半麻袋麻雀，才向住所走去。麻袋里热哄哄一片，在他的背上涌动。到了住所，他把麻袋放在地上，麻袋还在动，并且发出细碎的鸣叫声。那些叫声一点点在挠他的皮肤，让他突然觉得瘙痒难忍，他用手抓了抓背上的皮肤，可痒并没有消失，他才意识到是心里痒。那种想吃掉它们的欲念越来越远，一种怜惜油然而生。但他并没有把它们放掉，他怕麻雀在黑夜里找不到栖身之所，全活活冻死。到了第二天早上，他拿起麻袋来到屋外，哈罗对着会动的麻袋充满警惕，发出阵阵狂叫。魏远征打开麻袋，并把口大大张着，麻雀挣扎着飞了出来。哈罗吓了一跳，后退了一步，然后向空中跃起。他怒吼了一声，哈罗才住了嘴，眼神里明显有一种委屈与不解。但麻雀并没有全部飞走，里面还有十几只一动不动，他摆弄了它们一下，它们还是不动，他这才意识到那些麻雀是由于挤压而死。一种罪孽感浮现而起。他拿起镐头，在雪地里刨了一个坑，把麻雀全部埋了进去。

3

第五年的春天，老田不光给他带来了一些日常用品，更不负所托地给他带来了两本厚厚的书，一本是关于新疆动物的，另一本是关于新疆植物的,并且是图文并茂。他如获至宝,像个傻子似的咧嘴直笑。老田走后,他每天的空闲时间都用来研究那两本书。他先从动物开始,了解每种动物的分类、习性、特征,再比照着画面进行着记忆,他花了整整两个月的时间才把那些动物大致记住,接下来,他便在草原上一个个比对。经过比对与观察,他才意识到草原上的动物种类远比他想象的要多得多,光是鼠类,除了他认识的,还有蹶鼠、大仓鼠、旅鼠、灰仓鼠、草原鼢鼠、土拨鼠等,天上的猛禽,他救助过的老鹰其实是草原雕,当然,还有金雕、秃鹫、玉带海雕等。整整三年时间,他除了巡视,把精力都用在认识这片草原上的动植物,并且那些动植物由于这片草原环境的关系,还发生了某种蜕变与分化,更让他眼花缭乱,难以判断。他没想到他一旦推开这片草原深处的大门,所呈现的世界竟是如此的丰富与神秘。那三年里,他的神思从一种植物滑落到另一种植物身上,从一种动物定格到另一种动物身上,那片草原如同万花筒般,每天都给他带来新的惊奇与新的发现。从春天开始,他便变得异常忙碌,他养了鸡,还种了菜,羊群的数目差不多也突破到两百只,他的菜更是一茬接一茬,除了辣椒、西红柿、茄子、豆角等蔬菜有固定而漫长的日期,韭菜老了,他种小白菜,小白菜老了,他种白萝卜、大白菜。通过实践,他把各种蔬菜在一年的隔层里分得清清楚楚,更是理得一丝不苟。到了冬天,那两本厚厚的书成了他主要研究的对象,他把在这片草原显形的动植物都用铅笔作了勾画,并作了注释。那两本书变得又厚又黑,但里面的内容却几乎全让他"吃"进肚里。

当他对那片草原有了真正的了解后,收音机里扩散出的声音第一次与他的使命与生活有了紧密的关联。那天巡视回来,他给菜地浇完水,吃完饭,天已经黑透了,他躺在床上,才突然意识到差不多有一个月没听收音机了。他打开,里面流淌出来的声音却像个惊雷似的吓了他一跳。他以为是自己的臆想,听完后,又换了一个台,里面正好在播报国际新闻,还是一样的内容,还是对苏联目前局势的担忧与分析。魏远征不禁目瞪口呆,在他的认识中,苏联是一个超级大国,拥有着雄厚的经济实力与军事实力,怎么可能瞬间就分崩离析了呢,如果真是这样,那么接壤的又会是什么国家,尤其是边境线上又会起怎样的纷争。他越想越觉得问题的严重性,也更加意识到当下那条边境线的重要性。一种沉重的使命感让他浑身的血液都燃烧起来,他仔细检查了那把猎枪,重新上了油,配备了平时出行三倍的子弹。准备好一切,他重新躺下,但脑子里像一锅滚烫的开水,继续沸腾。他辗转反侧,一夜无眠。

第二天早上,他推开房门比平时早了半小时,他充满血丝的眼睛放射出一种少有的亢奋般的光芒。哈罗注意到了,它张着嘴,困惑地望着他。他打开羊圈的门的时候,羊群也注意到了他的变化,头羊对他发出一声探询般的咩叫,羊群也发出不解的咩叫。他肃穆着表情,死死咬着自己的嘴唇,恨不得把自己的嘴唇咬破。

他打开羊圈的动作,就表示着一天巡视的开始,头羊出来了,羊群也出来了。头羊迈着往常的步伐走向草原。但魏远征心里就像塞着一把火,他觉得头羊的步伐太慢,完全跟不上如今的形势,他手里的鞭子响起。头羊觉得莫名其妙,它干脆站住不动,就像陷入了瞬间的停顿。他手里的鞭子再次响起,他不再是抽打着空气,而是准确无误的抽打在头羊的耳朵上，他锋利的鞭子如同一把利刃，带给头羊一种新鲜而迅急的痛楚，它在原地弹跳了一下，嘴里发出痛苦的咩叫，向前面跑去。他的举动显得突兀而暴躁，羊群吓了一跳，哈罗也吓了一跳，但哈罗很快反应过来，吼叫着羊群跟上头羊的步伐。羊群便向前方涌去。哈罗果然是最好的帮手，它来回奔跑，归整着队形，几趟下来，哈罗便累得气喘吁吁，皮毛松散。魏远征才第一次意识到哈罗老了。

羊群进了草原，魏远征并不让它们吃草，把手里的鞭子挥舞得呼呼作响。头羊有了深刻的教训，顺着他的意志一个劲地向边境线疾走。别的羊便也只能跟上。但羊群已经养成自由而散漫的习性，整个队伍便越拉越长。魏远征火了，拿起鞭子向慢腾腾的羊挥去。羊被打痛了，更被打傻了，咩叫着，向一旁跑去，整个队伍乱成了一锅粥。好在还有哈罗，它把跑散的羊又一只只归拢，但它也对魏远征表达了不满，对他发出一阵阵吼叫。魏远征这才意识到是自己太心急，但他的固执就像一块石头，他对着哈罗挥动了鞭子，在空气中划过一声脆响。哈罗被吓住了，一屁股坐在了草地上。

当羊群来到边境线后，魏远征才算是松了一口气，他示意羊群在边境线边的草地上吃草，而他望着边境线的对面。对面除了丰茂的草，什么也没有，但他丝毫没有放松警惕，他隔个半小时左右就要用望远镜观察一下，确认完那边的动静后，才放下心来。

魏远征提高警惕的一个星期后的下午，草原的远处奔腾过来几匹马。哈罗发出警觉似的吼叫声，他通过望远镜看见马上是两位边防站的战士。其实边防站的人一个月前才来看望过他，边防站的人一般保持着一个季度来一次的频率。不用说,他们肯定是有重要的事要通知他。魏远征的猜测是对的,马匹上下来的是边防站的吕连长和小强,过去的刘连长和老张都退役了,这是前年的事了。吕连长过来,脸上的表情显得异常严肃,他庄重地给魏远征敬了个军礼,魏远征也赶紧还了一个军礼。吕连长给他讲了当下苏联的变化,以及边境线可能出现的新状况,让他时刻保持好警惕,并且他们也会向这边策应。最后,吕连长把一匹枣红马交给了他,让他一旦有紧急情况,尽量和对方避免冲突,骑马来通知他们。从吕连长那严肃的表情里,魏远征捕捉到一种信任与紧迫,他大声对着吕连长说,放心吧,保证完成任务。吕连长和小强把一些生活用品留下后,就骑马匆匆而去。魏远征望着他们远去的身影,才突然意识到刚才给吕连长承诺时,他的话语竟然是如此的流畅,就像在心里已经背了上千遍、上万遍。

吕连长走后的第二天巡视,他便带上了那匹枣红马,他没有骑,只是牵着它,并且把水壶、干粮等东西让枣红马驮着,但那杆猎枪除外。他之所以不骑,是想保持着过去的脚力与体力,他怕在马背上太舒服了,会丧失掉强健的体魄。那匹枣红马非常通人性,很快与羊群为伍,并且服从着他和哈罗的双项管理。整个草原对魏远征来说,一下子丧失掉原来的色彩与魅力,只变成了一个概念性的东西。当然,对羊群也是一样。在魏远征的执意下,羊群深入草原深处时,一刻也不会停歇,更不会把嘴伸向身边丰茂的草,对它们来说,真正的草只长在边境线边上,其余的不过是虚影罢了。当它们一旦拎不清现实与虚幻的差距,忍不住把嘴伸向那一丛丛肥美而嫩绿的草时,魏远征手里的鞭子就会随之而至。再说,头羊走得飞快,不容给它们开小差的机会，纵使它们心存侥幸，后面还跟着哈罗，它拥有着更敏锐的目光与更快的脚力，谁一旦落伍，它会异常凶悍地撕咬过来，就像是它的仇敌似的。当羊群走到边境线上时，魏远征才会松懈下来，示意羊群在边境线边的草地上吃草，当一片吃完，再转移到下一片，严格控制着与边境线的距离与范围。而魏远征那时便骑上枣红马，他之所以端坐马背，是为了拥有更好的视角，是为了看得更远。他几乎不到十分钟就用望远镜观察一下边境线那边的动静。在那段日子，他眼里除了边境线，周围的一切一下子消失得无影无踪。每天，他带领着羊群几乎一大早便赶到边境线，而快到黄昏时，才赶着羊群踏向返程之路。他吃过饭，弄好一切，天早已经黑透了，他顾不上菜地，由着它们自生自灭。他顾不上的还有鸡群，不过鸡群早已习惯了野蛮生长，它们按照着既定的规律，每早去草原啄食昆虫，黄昏了，返回鸡圈睡觉。那台袖珍收音机成了他的宝贝，他每晚都听着里面各个台的新闻播报，从一个台滑向另一个台，捕捉着新鲜的动向，分析着局势的变化。从新闻里，他弄清了与边境线交界的新国家叫哈萨克斯坦共和国，他从专家的口吻里捕捉到一种新的严峻以及一种新的乐观。不管是哪种，最终都是一种猜测，对于他来说，他心里的那根弦越绷越紧。对于他的异动，整个草原上的生灵最关注他的还是那只狼王。狼王不止一次独自来到边境线边的草地上，并且突破了一定的界线与范围，想引起他的注意。但他的全部神思都在对面，都在那条边境线上。他无法和狼王保持着过去的那种交流与对视，他看向狼王的眼神显得飘忽，就像狼王如同一棵青草般的存在。他的忽视引起了狼王更深的好奇，狼王也向边境线的对面望去，想从中捕捉到一点什么。当然,它最终什么也捕捉不到。但它仍然保持着倔强的品质,在边境线边上停留了整整一个月才郁郁离去。

局势发展变化的三个月后的一天,他透过望远镜看到十几个全副武装的士兵在对面的边境线出现。他吃了一惊,擦了擦眼睛,再次望去,他们确实是真实的存在,并且越来越近,过去的记忆瞬间袭上心头,他有一种快要窒息的感觉,他飞快地从马背上下来,向着不远处吃草的羊群挥响了手里的鞭子。头羊一秒钟都不敢怠慢,嘴角还挂着一丝绿色,小跑着向边境线边的那条小道而来。不到十五分钟,整个队伍便集合完毕。而对方的士兵离他和羊群不过只有三十米的距离。士兵们身材高大,他几乎可以看清他们那陌生的奇怪的蓝色眼睛。对方的士兵也注意到他,他们同样保持着高度的警惕,在离边境线二十米的距离停了下来,仔细观察着魏远征的动向,并且拉动了枪栓。

魏远征当然注意到对面士兵的动向,一股说不清的怒火瞬间在体内燃烧起来,并且混合着尊严与骄傲。他理了一下身上的草绿色军服,肃穆着表情,挺胸站着,然后猛然甩响了手里的鞭子。鞭声锐利而响亮,让对面的士兵吃了一惊。魏远征并不看他们,而是对着羊群发出了一声号令。头羊动了,沿着边境线上的那条小道,开始了庄严的巡视。头羊走得沉稳而有力,尖利的足蹄踏向坚硬的地面,发出"嘎吱"的清音。在头羊的带领下,整个羊群都动了,它们如同训练有素的士兵,行走在边境线的小道上,一个个神情安适而沉静,在小道上腾起一片细小而沸腾的烟尘。魏远征走在队伍的最后,他有力的双脚就像鼓槌般敲向坚硬的地面,而坚硬的地面变成一面无限向前延伸的鼓面,承受着他隆重的敲击,并发出浑厚的回音,就像宣告着一个国度的声音与尊严。魏远征完全感觉到了地面传来的回声,他的脚掌一阵阵酸麻,浑身的骨节发出阵阵脆响。他完全陶醉其中,他目不斜视,只是看着前方,前方是继续延伸的边境线,承载着他全部的呼喊与声音,他要把这种无限蓬勃的声音无限继续下去。他带领着羊群并没有一直走到边境线的东头,他走了差不多两公里,便号令调头,重新走在边境线上。他要走在那群士兵的视线里,宣告着边境线这边的声响与威严。当他又走回到原地时,那群士兵果然还在,在他们怔怔的眼神里,魏远征带着他的羊群走得生气勃勃而又威风凛凛,而魏远征就像一把燃烧的火,他不时发出一声号令,那声声号令如同雷声滚过,在草原的天空下传递着最新的消息。

魏远征沿着边境线,在不足三公里的路线上来回巡视,直到那群士兵最终无奈地离去。当士兵们的身影越来越远,最终消失在视线尽头,魏远征才号令羊群停止下来,到旁边的草地去吃草。而他整个人都瘫软到地上,他两脚胀痛,眼前一阵阵发黑,如同虚脱了般躺在地上一动不动。

整整一个月,边境线的对面都有士兵出现,其中一天,一下子来了四五十个士兵。魏远征没有丝毫的胆怯,如果要算士兵的话,他的士兵只会比对面多,而不是比对面少。再说,他的背后是伟大的祖国,强烈的荣誉感让他无所畏惧,更充满尊严。他率领着他的"士兵"每天巡视在边境线上,与对面的士兵进行着一种对峙。他的坦然与威严常常震撼到对面的士兵,他们每天都在观察着他,并透过望远镜研究着他那张如同铁水一般的面孔与表情。魏远征知道他的一举一动都在对面的监视之下,这让他有一种更深的责任感,他注意着自己的每一个细小的举动，要求尽量做到整齐划一，当然，还有他的衣服，他每天都换一套衣服，让它们保持着整洁。他命令自己必须像一座移动的雕塑般行走在对面士兵的视线里，用无声的巡视，宣告着一种主权的威严与不可侵犯。

他与对面的士兵对峙了一个月后，对面的士兵突然再也不见踪影。魏远征拿着望远镜连续观察了好几天，弄不清对面的意向。虽然他心里产生了困惑，但每天的巡视，他还是按着高标准要求自己和羊群，如同对面还存在着一群无形的士兵似的。他高度警惕的态度，深深感染了羊群，羊群每天都要在边境线上走上三四个来回，严重影响了它们补充食物与养料，他的羊群越走越瘦，但他的羊群是一群伟大的士兵，它们从来不报怨什么，目光仍然安静而从容，如同体内蕴含着一种伟大的力量与潜能。

两个月后，边防站的吕连长带着一名战士再次出现在他巡视的边境线上。吕连长显得神采飞扬，目光里有一种亮闪闪的笑意。他向魏远征讲了最新的变化。魏远征听懂了，那是两个国度之间的友好愿望，更将带来边境线上的安宁。最终，吕连长总结似的说，警报算是解除了，但我们还不能掉以轻心，魏远征同志，你辛苦了。吕连长向他郑重地敬了个军礼。不，不辛苦。魏远征也还了个军礼。吕连长他们要走时，他要把那匹枣红马还给边防站，吕连长说，你留下吧，下次来，再给你带一只德国牧羊犬，哈罗老了。吕连长走了，魏远征也赶着羊群踏上了归程，在回去的路上，那一丛丛枯黄的草对着羊群一样有着致命的诱惑力。现在已是秋天。他对着羊群说，去吧，去吃草。头羊抖动了一下耳朵，半信半疑。他又说了一遍，是庆功的时候了，回去后还有大餐。头羊听懂了，带着羊群没入草原，一张张饥饿的嘴伸向一丛丛枯草。草原上沸腾起一片咀嚼声。那片咀嚼声点燃了魏远征内心的愧疚，这是一群多好的士兵啊！他发出深深的叹喟。

　　回到住所后，他首先犒劳那群白色的士兵。他拖来半麻袋黄豆，全倒在地上的木槽里，羊群简直不敢相信眼前的美味，它们发出惊喜般的咩叫。他温情地对它们说，吃吧，这是你们应得的奖赏。羊圈里升起了响彻天空的咀嚼声。他关上羊圈的门，回到屋里，到了该犒劳自己和哈罗了。他弄了一大盘风干牛肉，并杀了两只鸡，炒了两大盘，他分给哈罗一半，看着哈罗在一边大嚼大咽，他给自己倒了满满一缸子苞谷酒。那辛辣的酒进入脏腑，点燃的却是沉重的疲惫。他一缸子酒没喝完，便感到深深的醉意与倦意，他连走到床边的力气都没有了，身子一歪，便睡死过去。半夜，他被冻醒，但浑身疲软如泥，他挣扎着上了床，又睡了过去。他一直睡到第二天中午才醒，他起来后，推开房门，哈罗也还睡着，勉强站起，向他哼唧了两声。他的手一挥，哈罗便又缩回窝里睡觉。他来到羊圈，羊群也睡着，他决定给它们放一天假。但他不能休息，为了保持一级战备，他早出晚归，夏天时并没准备过冬的草料，虽然去年还剩下一些，但远远不够两百只羊吃的。他吃过饭，便带着镰刀出了门，现在的季节，长镰是派不上用场的，现在的草已经变得枯黄，韧劲十足，根本甩不动。他进了草原，便挥动着镰刀。草远比他想象的还要难割，虽然他手里的镰刀锋利无比，但也只能一小把一小把地割。整整一个星期，他赶着羊群来到草原，便由着哈罗放牧，他挥舞着镰刀，对着秋天的草挥汗如雨，他的胳膊酸痛难忍，但他一刻也不停歇，心里憋着一股气，他知道对待酸痛最好的办法就是让新一轮的酸痛覆盖其上。他没有了胳膊，没有了腰，更没有了双腿，他就像一个无形的人，凭着一股豪气，放倒一片又一片秋天的草。当天黑了下来，当他的腿无法再挪动一步，他便歪倒在草地上，让冷风把自己吹透。但他的双腿已经肿大，几乎迈不动步子，好在还有枣红马。善解人意的枣红马，跪在地上，等他艰难地上了马背，便驮着他向住所走去。他在马背上摇摇晃晃，似睡非睡。好在经过一晚的沉睡，他的酸痛便会消散大半，新的力量和雄心又在体内滋长，他拿起镰刀，再次向草原走去。经过十天的高强度劳作，他估摸着差不多了，还好有哈罗和枣红马。枣红马把草一捆捆驮回到住所，再由哈罗咬开绳子的活结（魏远征把活结的扣打在马肚子下），在他的指示下，它们配合得简直天衣无缝。准备好冬天的干草，魏远征再次给自己放了一天假，他睡得天昏地暗，不省人事。

　　第二天一早，他起来，推开房门，哈罗发出一阵欢快的吼叫，他推开羊圈的门，羊群发出阵阵亲切的咩叫。这时候，他在心里对着羊群说道：咱们该去边境线了。奇怪的是头羊准确地捕捉到他内心的言语，头羊带领着羊群一个劲儿地向边境线的方向走去。羊群这段时间已经习惯在草原边上吃草，它们顿在那里，对着头羊发出质疑般的咩叫。头羊不理，径直向前走，直走得他突然泪流满面。到了边境线，头羊顿在那里，像在等待着那声熟悉的鞭声响起。他迟疑了一下，才挥动鞭子。整个羊群再次踏上边境线上的那条小道上。但魏远征的眼前一片模糊，几乎看不清前面的路，他只是机械般地走。但他的另一双眼睛长在脚下，那条小道的每一处高低与坑洼，他早已熟悉无比。他的脑海里翻滚着一幅幅画面，代表着这大半年来艰苦的里程，他的眼泪不知不觉间又下来了。他对自己的脆弱感到羞耻,但问题是眼泪根本止不住,他没脸没皮地让热泪继续流淌。巡视完边境线,他就让羊群恢复到以往的自由状态,他想趁着深秋的时候,让羊群补上最起码的营养,好去抵御严冬的到来。到了黄昏时分,他赶着羊群回到住所时,便看见一个黑点在向东的那条土路上出现。他才意识到那是老田。老田是第一次在他的期待之外出现。这对他来说简直就像一个天大的惊喜。还有什么比老田出现能带给他更大的快乐呢,他忙得差点把快乐都忘掉了。

4

老田这次来,在他这里住了两天。他第一次发现老田的双鬓已经变得斑白。他和老田同岁,他突然不安起来,难道自己也老了。但他屋子里没有镜子,他从来不照镜子。他指着自己的鬓角嘴巴哆嗦着。老田顿时明白了,他感叹一声说,老伙计,你还没老,黑得像刷了黑漆似的。为了印证自己的评断,老田捶打着他的胸脯,他的胸脯发出响亮的"咚咚"声。老田就像一面雪亮的镜子,魏远征很满意,他嘿嘿地笑了起来。当晚,照例是语言的盛宴,与老田的话语相比,桌上的兔肉、鸡肉都黯淡失色。老田在苞谷酒的渲染下,完全可以用滔滔不绝来形容,当然,那正是魏远征所期待的,他觉得那简直是世界上最动听的声音,他盯着老田那张喋动的嘴,如醉如痴,把那些声音完全吞噬下去。

第二天一早,老田陪着他巡视边境线。他们巡视回来,天还亮着，他们早回了一个小时，因为老田惦记着连队。他们把羊群关进羊圈后，便急慌慌地向连队走。到了连队，老田不由吃了一惊，连队的礼堂已经完全坍塌，只剩下一面正墙，但上面赭红色的标语仍然清晰可见。他明白老田的担忧，去年冬天这片草原下了四十年来最大的一场雪，足有一米多厚。那场雪停了以后，他曾经也怀着不安过来察看，整个连队都成了一片废墟，他的情绪消沉了整整一个星期。现在轮到老田长吁短叹了，当他走到自己家的院墙，院墙只剩下矮矮的三分之一高，正屋成了一大堆土。纵使院中的那棵大榆树，竟然也枯死了。老田震惊地望着，目光里布满了无法言说的痛楚。老田不甘心，继续在连队里走。由于连队的房屋已经面目全非，严重影响了他的记忆。他顺着自家的院落向西走了两排，已无法判断出准确的人家。魏远征便结结巴巴地蹦出几个干枯的音节。老田想起来了，拍着脑袋"噢"了一声。但旁边一家，他又想不起来了，魏远征又告诉了他。当他把后面两排房子的人家准确无误地说给老田听时，老田惊奇不已。过去在连队，魏远征可以说是独来独往，不和连队的人打交道。而他老田，是连队出了名的和事佬、润滑油，谁都喜欢和他推心置腹，谁都把他当成肚子里的蛔虫，无论好事还是不好的事，都要和他说道说道。他可以说是掌握兵二连秘密最多的人。就像是为了印证什么似的，老田把整个连队都走了一遍，指着一户又一户人家让魏远征辨认。魏远征都说出来了。当然，光说出每家每户不过只是表象而已，关于连队的故事那才是真正的内核。他们回到住所后，就着昨天剩下的肉和苞谷酒，老田扒开了兵二连的内核。魏远征虽然言语干涩、不利索，但整个连队的脉络都铺展在他的脑海里，老田问什么，他便哆嗦出一个光点，那个光点便像一盏灯笼照亮一片老田漆黑的记忆。与其说老田在询问着魏远征什么，倒不如准确地说，魏远征在启发着老田什么。在他的启发下，基本上还是老田在说，但魏远征提供的无数盏灯笼完全照亮了他沉睡的记忆。关于兵二连的故事就像一棵参天大树般树立起来，那深扎在泥土深处的根须，是兵二连的起源，那高大的树干，是兵二连二十年来发展的轨迹，那繁茂的枝叶是兵二连每个家庭的喜怒哀乐。那在风中哗哗作响的是兵二连人不同的性情、相互的纠葛、相似而又不同的命运……他们一直说到天亮，但他们一点也不觉得疲倦，更像在完成一件伟大的工程，关于生命记忆的工程，他们出门了，带领着羊群，在巡视的途中，老田的记忆如同展开的天空般蔚蓝，但指引的人却永远都是魏远征，就像魏远征给他提供了无限的空间与阳光，让他自由飞翔。老田顺着魏远征那无数个结结巴巴的光标，触摸到了兵二连的整个肌理与脉络，骨骼与毛发，他边说还再次征求着魏远征的看法，看到魏远征表示首肯，便在关键处再重复一遍，就像在记忆里打结，成了他自己的光标。他们一直说到巡视回来，吃完饭，还是接着兵二连的话题。到了深夜，老田的记忆才算是真正完成。那是关于兵二连完整的记忆。他兴奋不已，他本以为，当连队成为一片废墟，他们年久失修的记忆便也会成为废墟，他完全没有想到的是魏远征，这个看似与连队背离的人，却保存了完整的兵二连，鲜活的兵二连，可问题是他怎么能够如此清晰地记得这些，就像刻在他骨子里似的。老田带着浓重的疑惑问了。魏远征愣在那里，他一动不动，保持着沉默，好久，他才哆嗦着说，可能—我—就认识—这么多人—吧。他断断续续的言语却像一声惊雷在老田的头上炸响。是的，他就认识这么多人，除了那片草原死寂般的存在，在他生命中停留的只能是走掉的连队的人，那些走掉的连队的人，是他全部对人本身的认识与印象，带着全部鲜活的属性，他只记得他们，也只能记得他们，在孤独的草原上，他正是凭借着记得，才不孤独，才不会觉得自己是一个孤独的人……老田哭了，他感谢魏远征送给他关于兵二连完整的记忆，但却为他的遭遇感到无比的痛惜，虽然这是他自己的选择。

5

当巡视成了一种日常，成了生活本身，那片草原便又显出原有的丰富与色彩。那是他一个人生活在那片草原的第十个年头。他从春天开始又养了一百只鸡。鸡好养，除了鸡崽阶段需要他喂养，但那群嫩黄值得他付出，它们新鲜而稚嫩的叫声，让他的心里一阵阵发痒，就像是对这片草原最新的注解与阐释。他需要它们的柔软与鲜嫩，就像他需要每天太阳照常升起一样。当鸡崽开始变声，它们便是这片草原的主人了，它们蜕变的结果，便是回归到草原本身。鸡崽喜欢这样的命运，广阔的草原上有着数不清的美味与自由，它们像魏远征和羊群一样，早晨出发，黄昏回来，一个个身姿矫健，羽毛鲜亮。

除了养鸡，他重新对菜地进行了归整，扩大了种植的面积。但他唯一担心的是水源，连队留下的机井水水流已经越来越小，他担心用不了两年的光景，不光浇水成问题，就连他吃的水都会有大麻烦。但那是个有福的春天，春天的脚步才走了一半，宋词来了。宋词骑着一辆红色幸福 125 摩托车出现在他的视线里。宋词整个人厚了一倍，不再是第一次见面时的纸片样，真正让魏远征惊奇的是他的目光，沉着而又自信。老魏！他在夕阳下大声呼喊着，露出白灿灿的牙。他望着几乎完全陌生的宋词，抽动着鼻翼，那股气息还在，还是他宋词。魏远征傻乎乎地笑了起来。他们拥抱在一起。宋词问他怎么样，他不语。他不语，就证明着一切都还是原来的样子。宋词给他带来了两条纸烟。他抽了一口，绵软无力，便又重新卷起了莫合烟。他没问宋词过得咋样，他能来，便证明着他能过得去。经过简单的寒暄，宋词最惦记的还是那片菜地。他便带着宋词向连队走去。连队的变化让宋词吃了一惊，真正吃惊的还是机井水的现状，但宋词明显成熟了不少，他接了一桶水，一声不吭地一点点浇在西红柿苗的根部。他们给菜地浇完水，才重新回到住所。到了住所，宋词想起屋后的那棵大榆树，他围着那棵大榆树转圈，就像在追忆着什么。魏远征由着他转圈，自己回到屋里做饭。毕竟是贵客，他把能拿出手的，都做了一些。他饭做好了，宋词也回来了。他照例给宋词倒了半缸子苞谷酒。宋词喝了一口，咂着嘴感叹道，还是那个味，就像过去的岁月又重新走了回来。魏远征心里一震，但他不动声色地喝下了一大口。酒下去，宋词的话多了起来，讲的是这些年的变化，他咬着牙继续做生意，经过两年的光景，他把所有的债务都还清了。当然，他也明白了一个道理，做生意同样不能投机取巧，实诚才是本分，他现在的客源都是熟客，一切都做得踏实。魏远征还是不说话，只是听他说。宋词就像知道他内心寂寞似的，一直说，说得双眼热泪滚滚。他望着他眼里晶莹的泪水，神思却陷入了恍惚，那一刻，他真的觉得过去的岁月又走了回来。第二天一早，宋词就说要走。他有些纳闷，他本以为宋词会停留一到两天。但他什么也没说，他赶着羊群向草原走去。留恋的是哈罗，边走边对着宋词发出阵阵吼叫。当他踏入草原的一刻，一种东西在凶猛地推着他的后背，他转过身来，望着住所，更望向东面的那条土路。土路上空空荡荡，早已没有宋词的身影。他不免一呆，心里有一种说不清的怅然。

让他没想到的是，十天以后，宋词又回来了，他不光自己来了，还带来了十几个工人，外加一辆东风货车和一辆打井车。那十几个人架线的架线，打井的打井，喧闹得让他觉得像进入了梦境。而宋词也没闲着，他让工人把井打在了屋后，他早看好了屋后的那五六分地的土质不错，他忙着挖地，开垦新的菜园。而魏远征呢，就像在躲避那些喧闹似的，一大早便赶着羊群向边境线进发，到了黄昏才回来。那些工人或许是受了宋词的告诫，不吃他屋里的任何东西，没给他添一点麻烦，除了把喧嚣送给他。十几天后，机井打好了，打的是压井，轻轻一压，清亮的水便流了出来，宋词解释说，压井好，节省水源，起码用上一二十年不成问题。更让他惊喜的是电。当通电的那一刻，整个屋子一下子变得雪亮，他的眼睛被照得生疼，他微眯着眼，打量着屋子，他再也找不到隐隐约约的影子，甚至连孤寂都无处可待，尖叫一声，顺着窗户溜走了。眼睛模糊了，泪水涌了上来，他又用手背擦去了。宋词知道他内心的感慨，他转过身去。机车和工人们都走了，但宋词留了下来，他把整个菜园开垦完，种好菜，然后又陪着他巡视了三天的边境线。当宋词走在边境线上的时候，他的神情里有着和他一样的庄重与肃穆，就像和他拥有了一样的品质似的。临分别的那天晚上，他们照常喝了一顿酒，宋词说他每年都会来看他，陪他一起巡视边境线。他心里有一种说不出的潮动。他哆嗦着嘴，终于说出了谢谢。宋词却动情地说，该说谢谢的是我，你不光救了我，更给了我对抗生活的勇气与坚忍。知道我为什么要在你这里待几天吗？说穿了，就像在给自己充电……两个人几乎是共同举起了手里的缸子，碰在了一起。当晚，宋词照例是睡在地上的床板上，虽然宋词看上去睡得有些难受，但好在有酒精的作用，他终于睡了过去。几乎一夜无眠的是魏远征，他听着宋词发出来的呼噜声，嗅着那种熟悉的味道，觉得时间被卡在了这个瞬间。

宋词走后，整个草原又恢复到以往的平静。他重新关注到草原的一草一木与奔跑的生灵。但最先来向他告别的是狼王。那天下午，狼王独自向他走来。狼王的步履沉重，就像身体里灌满了铅。狼王径直走到离他十米的距离。狼王的大胆让他心里一惊，它从来都保持着一种克制，就像给彼此留下最后一丝安全感。感到不安的是哈罗，它对着狼王发出了警告似的狂叫。魏远征制止了哈罗，并让它后退。哈罗退到他身后一米远的地方，耸着脊背准备着随时出击。但奇怪的是狼王的眼神里始终保持着平静，或者说无动于衷。他心里一动，突然意识到狼王有话要说。狼王当然不会说话，但它突然迫近的脚步却传递过来一种隐约的信息。狼王的皮毛干燥而凌乱，但它的目光保持着以往的沉着。它卧了下来，望着魏远征。它的目光又习惯性地恍惚起来，就像踏入了梦境。魏远征也望着狼王，清楚地嗅到了狼王身上那扩散过来的一股子腥气。但那股腥气除了一种凛冽，还有一种莫名的东西存在。到底是什么呢，让他觉得如此熟悉，就像是从他自己身上散发出来的似的。狼王的表情几乎可以用陶醉来形容，它微眯着眼，就像要睡着了似的，不用说，它也正在捕捉着魏远征扩散出来的气息。魏远征心里猛然一震，他突然意识到那是孤独的气息，他这才明白当初那只狼王之所以放过他，不过也是从他身上嗅到了这种气息罢了。在这片草原上，他们同样都是孤独的子民，狼王的悲悯不过是对他本身的一种尊重与认可罢了，从某种角度来看，他们就像是异类的兄弟。那只狼王猛然睁开眼睛，目光里放射出一种说不清的柔软。哈罗感觉到了狼王的变化，它嘴里发出阵阵低低的咆哮。但狼王只盯着他不放，就像要把他的身影全部装进自己的眼睛里似的。那种眼神让魏远征的意识松散而疲惫，他感到阵阵困意。狼王突然转身而去，从它急速的奔跑中丝毫看不出一丝疲态。一个星期后，狼王所在的狼群再次出现在魏远征面前。但没有那只狼王的存在。他这才意识到，那天狼王是来作最后的告别。狼王死了。新的狼王仍然是一副高大的模样，它显然继承着死去狼王的嘱托与遗志，它对着魏远征发出了一声凄厉的嚎叫，狼群也跟着发出嚎叫。新狼王带领狼群向远方的草原跑去。他望着狼群远去的方向，被一种巨大的悲伤湮没。

告别一场接着一场。狼王死去的第二年春天，轮到哈罗和他告别了。接连三天，哈罗不吃不喝，只是用一种忧心忡忡的眼神望着他。他预感到什么。对他来说，没有谁能比哈罗更重要，它是他最忠实的战友，帮他分担责任与担当，更帮他分担孤独。可眼下，哈罗要走了。他的眼里充满着混浊的泪水。整整三天，他巡视回来第一件事就是察看哈罗的情况，那些食物与水还是没动。当天晚上，他和前两天一样，让哈罗睡在他的床上，触着哈罗柔软的皮毛，他心里才多少踏实了一些。那天早上起来,哈罗挣扎着从床上下来,他径直走到门外,那时太阳刚刚升起,哈罗就卧在能被太阳照耀的屋前的那片空地上。当他走到哈罗跟前,便看见哈罗在流泪。他心里生出不祥的预感。他慌忙给羊群扔了两捆干草。他坐在哈罗身边。哈利便也卧在哈罗身边,用舌头舔着哈罗宽大的脑袋。哈利是去年边防站送来的德国牧羊犬,到现在不过才两岁。哈利一来,便成了哈罗有力的帮手,帮着哈罗管理着羊群。哈罗带着哈利熟悉着魏远征的每一次鞭响,更用同类的语言向他传递这片草原的信息与隐秘的动向。比如说,哈利对这片草原上最庞大的狼群从最初的敌意很快便达成了和解。哈利这个年龄的狗,是狗最活泼的阶段,但它整个都变得格外沉静。快到正午的时候,哈罗眼里的泪终于流干了,它哆嗦起来,就像怕冷似的。他把哈罗抱在了怀里。哈罗不抖了,但它慢慢闭上了眼睛。魏远征不敢动,但哈罗的身体在慢慢变凉、变硬,终于,魏远征号啕大哭起来。他哭得肝肠寸断,天昏地暗。受着他的影响,哈利也流泪了,发出阵阵呜咽。羊圈里的羊群嗅到了哈罗死亡的消息,它们放弃了吃草,对着羊圈外发出阵阵悲伤的咩叫。魏远征把哈罗埋在了连队西北角的那片坟地,并且给他刻了一块墓碑,墓碑上写着哈罗两个字。

哈罗死后,他身体里的一块儿就像也死了似的,整整一个月,他都沉浸在对哈罗的思念中。那天晚上,他梦见了哈罗。哈罗在草原上追着低飞的鸟不放,鸟越飞越远,哈罗便越追越远。他喊哈罗回来,但哈罗没有回应,只是追着鸟,直到追出他的视线……第二天一早,他想起了这个梦,他推开门,哈利跑了过来,对着他吼叫了两声,他一呆,那是哈罗的吼叫,包括相貌,其实哈罗和哈利都是德国牧羊犬。哈罗，他叫道。哈利愣了一下，但瞬间又变得无比兴奋，它径直扑到他身上，热乎乎的舌头扫过他的脸庞。他心里一阵潮动，他觉得哈罗没死，它的魂魄寄居在哈利身上，以青春的形象重新奔波在这片草原。

6

哈罗死后的第二年春天，一种奇迹在他耳边诞生。那天早上起来，他躺着不动，听到一种声音在呼唤他。他把眼睛睁大，那种声音却消失了。他觉得奇怪，觉得昨晚有事发生。他卷了一支莫合烟，点燃的那个瞬间，他想起了他昨夜的梦。他梦见了哈罗。哈罗半年来再一次闯进了他的梦境。在梦境里，哈罗显得无比欢快而又无比调皮。它扯着他的裤腿不放。他意识到哈罗要把他带到什么地方。但奇怪的是，他的身体竟然沉重无比，几乎拖不住。哈罗急了，对着他狂叫。他咬着牙向哈罗指引的方向走去。他走了几步，不免气喘吁吁。哈罗又过来咬他的裤腿。他只好继续向前走。哈罗又向前方跑去。一阵风吹来，黄色的风，黄风消失了，哈罗也消失了，但哈罗的吼叫在天地间动荡……他意识到哈罗决不会无缘无故闯进他的梦境，一定想告诉他什么。但到底是什么呢，他说不清。他微眯上眼，那种呼唤又出现了，那是哈罗的呼唤。

他推开房门，哈利对着他吼叫，目光里有着同样的兴奋与急切。现在的哈利叫哈罗，自从那次他在恍然间叫它为"哈罗"时，它就领取了这个名字，对原来的名字无动于衷。这让他深怀感激，它宁愿在哈罗的名义上完成自己的一生，只为了重复他的记忆与使命，还有什么能与之相比，在它身上所流淌的忠诚足以让天地汗颜。哈罗边吼叫，边上去扯他的裤腿。他一呆，几乎滑入梦境。但又不是梦境，他的双腿结实有力，哈罗向草原的方向跑去，那也正是在梦境中哈罗指引的方向。难道草原深处有事情发生。他打开羊圈的门，羊群也蠢蠢欲动，对着他发出阵阵咩叫，他觉得今天是神奇的一天。

随着一声鞭响，头羊带领着羊群向草原的方向走去。最急切的还是哈罗，它在前方疯跑，又折回来对着羊群吼叫，它年轻的身体里蕴含着巨大的热情与能量。到了草原，哈罗安静下来，它望着草原，眼睛里镀上了一层淡淡的忧郁。昨夜下了两个时辰的雨，此刻，草原如洗，更如玉，在晨光的照射下，是那么干净而新鲜，如同一个崭新的世界。羊群咩叫着，在草原上散开，用柔软的口唇触碰着春天的绿色。

魏远征走进草原的深处，四处弥漫着的水汽让他整个人都处于一种幻境。他微眯上眼，声音升腾而起，那是青草在生长，发出沙沙的声音，那种沙沙声明显混合着一种情感，脉脉的，就像地下深处涌上来的深情。那种声音开始还显得晶莹剔透，如同水晶在耳廓脆响，但渐渐便变得宏大，形成了一种交响，就像一棵草摇醒了另一棵草，一片声音唤醒了另一片声音。青草的声音在他耳朵里越来越响亮，甚至开始轰鸣，他吃了一惊，猛地睁大了眼睛。整个草原瞬间便寂静无声。他觉得诧异，弄不清这是怎么回事。他又微眯上眼睛，那些声音便重新出现在耳边，如同波涛，一浪高过一浪，整个草原都是青草生长的声音，整个草原变成了声音的世界。他突然想起昨晚的梦境，想起哈罗的呼唤，他恍然大悟，原来是哈罗拥有了先知的品质，哈罗想告诉他，这里是一片沸腾的草原。

魏远征的眼睛湿润了。他混浊的泪水顺着他的脸庞滑落在草尖上，发出了"叮叮"的响声。他的双脚擦过草丛发出"唰唰"的响声。湿漉漉的青草很快打湿了他的半截裤腿，而眼前是雨后的草菇，草菇发出"吱吱"的生长声，那种"吱吱"声在他的凝视中，变得越来越清晰，也越来越响，就像从别的声音里长出的声音，更像是别的声音退到了幕后，唯独这种声音开始了表演。但当他的目光掠过那片草菇，别的声音在耳边又开始轰鸣，那是方圆百米草原的声音，除了青草生长的声音，草菇生长的声音，还有黑色的泥土绽开的声音，昆虫在地面上爬动的声音，蝴蝶振翅的声音……当他的步履在草原上前行，总会有新的声音加入，当他凝神在某种声音之上，那种声音便开始独舞，声音变得越来越浩瀚，也越来越浑厚，这是声音的世界，就像整个草原上的植物与生灵张开了嗓子在他耳边高歌。那些声音推搡着他，揉搓着他，他在草原上走得踉跄，更走得痴狂。他几乎无法承受这突如其来的幸福。他猛地睁大眼睛，整个草原再次陷入一片寂静。他喘息着，脸涨得通红，整个草原雾气腾腾的，就像走进一场圣大的梦境。

草原上的声音一旦听见，便永远不会消失。他的耳朵就像是紧贴着这片草原上的万物，更准确地说，贴着它们的骨骼与血液，根须与枝蔓，更贴着它们的呼吸与心跳。当他的神思进行在草原的内部，草原上的声音是浩大的，但也是杂乱的。他差不多用了一年半的时间，才把草原上的各种声音梳理出了大致的轮廓。当他虚着眼望向草原时,整个草原是各种声音的交响,当他凝视着某一植物时,所有的声音都弱了下去,成了那种植物声音的独奏,当他的视线停留在两种或两种事物上,便是二重奏与三重奏的效果。草原上的声音像滚滚浪潮,又像涓涓溪流,既高亢,又深沉,既舒缓,又尖利……

在那片草原,不光是他的听觉越来越灵敏,他的眼睛和嗅觉也变得越来越神奇。过去、远方的事物,他要通过望远镜才能看得清楚。但自从他的耳朵在草原的内部醒来后,他的眼睛便也跟着醒来了,就像是他的瞳孔上面镀上了一层亮光。在那束亮光的支撑下,他看到的事物甚至比他在望远镜里看到的还要清晰、还要真切。那片广阔的草原在他眼里急剧缩小,只要他踏入那片草原,那片草原所有发生的事情他都尽收眼底。无论是狼群之间的争锋,还是一棵青草结出紫色的果实,无论是野马间的求偶,还是一只鹰俯冲而下……他的眼睛变得格外明亮后的半年,他的嗅觉也醒来了。过去,只有一些散发着强烈气息的事物,他才能嗅到它们的气息,比如说草原上的各种大型动物,比如说青草的气息。但其实只要是这片草原的生灵,都有它们的气息,只是或浓或淡。纵使同一种生灵,它们散发出的气息也是不一样的。成年的跳鼠的土腥味很重,而幼年跳鼠的土腥味要轻得多,并且夹杂着一种青草的气息。长得高大的青草,里面有着阳光的味道,而低矮的青草,里面散发着一股淡淡的水汽。一只狼愤怒的时候,它身上的腥气格外浓烈,而一只落单的野驴,则带着夜晚的草原风吹过的味道……

整个草原再也不是过去的样子了,它们是声音的集市、气味的集市,更是各种生灵奔腾的集市。而这一切,差不多花去了魏远征三年多的时间去捕捉、去发现、去冥想。有时，他弄不清，是这些声音与气息主动靠过来的，还是他在一场虚幻之境中制造出来的。不过这都无关紧要。当声音一次次涌现，当气息把他团团包围，这片草原成了他日常的一部分、生活的一部分，就像他所担负的责任与使命，在日积月累中也变得日常与普通，他的巡边不单是他生活的一部分，甚至是习惯的一部分。

在那片草原，他的整个神思都深入其中，他认识所有的植物与动物，对它们所有的生长周期与习性了如指掌。在声音、气味与眼力的指引下，他甚至能触摸到每一个生灵的情绪，捕捉到它们每一天的喜怒哀乐。秋初的一天正午，他躺在草丛之中，一只蝴蝶出现在他的视野里，那只蝴蝶体形巨大，有近十厘米。他看了一眼，便知道那是草原蝴蝶，也叫大麻蝶。但它飞翔的姿态明显比平时看上去要迟缓许多，他看到一朵紫色的花就近在咫尺，但它橙黄色的前翅继续震颤着空气，而淡灰色的后翅扇动的幅度却要小许多。它不知疲倦地在阳光下飞舞，透过它半透明的胸腔，他看到了它内心的平静与忧伤。这是死亡前的舞蹈。他感觉到了，坐起身，向着蝴蝶伸开了手掌。那只蝴蝶像是飞累了，在他伸出去的右掌边盘旋了一会儿，终于落在他的掌心。它收敛着自己的羽翅，让自己的身体瞬间缩小，但它细小的身子在发抖，透过他的掌心带来一种奇异的震颤。他凝视着掌心的蝴蝶，就像凝视着掌上的心，它在那里怦然跳动，让他触摸到它对这个阳光的午后是如此眷恋。它的细小身子还在抖，就像要把所有的热情与不甘都留在他的掌中。他屏住呼吸，生怕惊扰到蝴蝶的安宁。它终于不抖了，就像在他的掌中睡着了似的。他继续举着手臂，就像托着蝴蝶的清梦。但它的梦变得没有边际，在掌中扩散出一片微凉。他的手臂在酸痛中抖动了一下，那只蝴蝶仍然不动，更不展翅飞翔，就像他的掌心是温暖的巢穴。一阵风吹来，吹动它小小的身子，它的身子顺着风的方向倾斜，露出半个斑斓的肚腹。风急了，涨红着脸，又加了一把劲，它小小的身体飞舞起来，但它继续收敛着羽翅，就像只是风的舞蹈，它像一只断线的风筝，滑行了不到一米，便坠落到一丛草尖之上。他过去，看见那只蝴蝶继续安睡在草尖，心里被一种巨大的伤感填满。他张开双臂，风瞬间更大了，他向着远方的草原奔跑，尝试着像蝴蝶一样飞翔……

当天晚上，他回到住所后，吃不下饭，右手心发烫，就像那里仍然有什么在燃烧似的。他给哈罗弄好晚饭后，径直睡在了床上。屋里的光线亮得刺眼，他突然有点承受不住屋里的光明。他关掉灯，在黑暗里躺着。他躺了很久，还是睡不着，心口处开始隐隐作痛，并且觉得憋闷。他推开房门，他的动作很轻，竟然没有惊扰到哈罗。他顺着门前的土路向草原的方向走去。月亮很圆，也很亮，照着那条土路泛出银白的光芒。当走到草原，心里的那种憋闷消散了些。他向草原深处走去。此刻的草原已经开始返潮，他微眯着眼，脚下是一片潮湿而沸腾的声响。一棵半枯半黄的草钻进了他的裤角，在他的脚背上滑过。但它的言语顺着脚背缓缓向上。他听到了那棵草的叹息。他的步履不停，草的叹息如同露珠般滚落下来，但他的双腿被泥土与草丛之间的昆虫拉扯着不放。它们的叫声显得是那么清脆，又是那么悲伤。而悲声最响亮的莫过于枯黄的蚂蚱，它们的叫声里有着沙哑，还带着嘶吼的味道，就像在和他进行着提前的诀别。秋天是万物凋零的季节，对草原上的生灵来说，更是死亡的寓言。他的双腿就像是一种探询，带给生灵们一种莫大的伤感，但那种伤感是热烈的，如同生之眷恋，在皎洁的月光下，什么都趋于无限透明，他那双黑亮的眼睛如同一种深入骨髓的关注，在这片草原的深处进行着体恤。他的脚步惊扰了一只熟睡的野兔，它向远方的草原窜去。顺着它逃窜的方向，扑面而来的却是夜的深沉与忧伤，当忧伤变得绵长，便拥有了山谷般的回声。他在回声里走得如醉如痴，就像在进行着另一种巡视。他一直走到边境线边，那条小道在月色下同样闪闪发亮，就像一条银色的哈达垂落在草原的胸前。他伫立不动，月光便不动，万物的声响归于沉静，就像在等待另一种声音的开启。在那一刻，他第一次听到自己的心跳在草原深处回荡。返程的路显得轻盈，如同腋下生长出一对无形的翅膀。月光在他身后，如同背对整个世界。在万物的沉静中，他在向沉静告别，在万物的沉思中，他在向沉思告别。他恍恍惚惚地走，直到走出草原，他仍然像在梦中。那条通向住所的土路，显得如此短小，他的眼神漫过，整个身体便随之而过。到了住所，他轻盈的步伐没有发出任何声响，羊圈里的羊群继续在梦中吃草，而哈罗在低矮的犬舍里把宽大的头颅深埋在胯处。他推开房门，房门吱呀的声音完全被他吸附，就像他的身体内部能容纳所有的声音。他进去，透过窗外照射进来的月光，他看见了他自己，在一张宽大而破旧的木床上发出阵阵呓语……

7

深秋的一场暴雨是那么的匪夷所思。在那个下午，刚才还晴空万里，但瞬间说变就变，呼呼的风声拉开了灰暗的幕布，在滚滚沉闷的雷声中，那紧随而至的闪电就像是天空的利爪，向草原的生灵探去。头羊受到了惊吓，带头向远方的草原奔跑，就像只要奔跑便能逃离闪电的捕获。受到头羊的感染，羊群不知所措，四散而去，他的羊群第一次出现了炸群。哈罗也被天空的反常弄得慌乱，但职责是它的定海神针，它的后腿哆嗦了一下之后，便对着天空发出了响亮的吼叫，并追逐着四散的羊群。在雷电之中，暴雨倾盆而来，雨点如无数个拳头，砸在草原上，荡起一片沉重的回响。魏远征虽然站着不动，但整个思绪也陷入了短路，那落下的雨点打在他脑袋上，就像一顿乱棍，他唯一保持着自己尊严的方式，就是死死咬住自己的嘴唇。暴雨下了不到十分钟，便戛然而止，更令人奇怪的是，乌云瞬间散去，天气重新变得晴朗，刚才那场突如其来的变故，更像是天空神经出现错乱。头羊回过神来，又回归到他的身边，羊群也是。哈罗显然对羊群的表现颇为不满，上去死死咬住了头羊的后腿，头羊并没有挣扎，也不咩叫，它甚至感觉不到伤痛，目光里写满恍惚与惶惑。魏远征望着惊魂未定的羊群，继续站着不动，神思却越走越远。这些年，他除了对这片草原进行了深入与探寻，对这片草原的气候也颇有心得。他知道春天的第一场雨一般在清明的前两天下，并且随时有转化为雪的可能。他还知道冬天的第一场雪一般下在小雪节气的前十天，只是薄薄的一层，就像是一次预演与暗示。如果草原上的生灵变得异常活跃，那预示着将有大雪来临，如果漫长的冬天突然出现两天反常的温暖，那将是有暴雪来临。他还记得草原上那场历史罕见的暴雪的预兆，整个草原变得温暖，就像冬天要提前结束，但随之而来的那场暴雪下了一米多厚，他整整在屋子里待了一周。当他躺在草丛中，看着天空上的流云，那其实是流动的气流，它的流动或走向，决定着草原上气压的变化，而草原上生灵的躁动与异常同样与气压的大小密切相关。一场雨下来，或许会毁掉蚂蚁的巢穴；一场暴雨下来，或许会毁掉老鼠的洞穴，它们新打的洞就像是它们新的避难所，而那被青草覆盖着的洞穴，可能成了草原上别的生灵无从知晓的秘密。当奔跑的野马或野驴踏入其中时，一场更大的悲剧便由此诞生……他仰着头，看着风平浪静的天空，但空气中所散发出的一股子淡淡的腥气，却让他有一种不好的预感，他觉得草原上将有事情发生。

　　他的预感是对的。第二天下午，他正在草原深处放牧，便听到狼群的嚎叫声此起彼伏，绵绵不绝，并且充满着一种肃杀的气息。狼群反常的嚎叫引起了哈罗的警觉，它边吼叫边来回奔跑，把羊群进行着归整。魏远征面前刚好有一处半米高草坡，就像是人工堆积出来似的，他站在草坡上，向远方望去。他越凝视，视线便越开阔。那其实是两个狼群之间的争锋。这十几年来，一直是和他有着某种契约关系的狼群占据着草原王者的地位。但近几年来，随着别的狼群的挑衅与内耗，居于统治地位狼群的数量却在急剧减小，从三四十只变成了十几只。而草原上的另一个狼群，在带着疤痕脸狼王的带领下却在异军突起。那个疤痕脸狼王是魏远征对他的称呼，不用说它脸上的疤痕正是和拥有绝对权威的狼群挑战的结果。在今年的春天，那只疤痕脸突然向他走来，突破了正常的距离。它同样用前爪刨着草地，让锋利的前爪间存有一缕折断的青草，当做完这种举动来表达对他的敬畏后，它用凝视的眼神望着他。它的目光犀利而充满生气勃勃，让他心里产生了一种担忧，一种对族群纷争的担忧。他从它的眼神里看到了野心，更看到了它展现出来的荣耀，但他对它传递来的信息，只能发出长长的叹息。那是狼群自己的事情，他其实更像个局外人，只能眼睁睁地看着一切发生。

　　果然，疤痕狼王正式发起了挑战，它们凭借着数量上的优势对着传统狼王的阵营发起了一次又一次冲锋，那一声声嚎叫就像是满腔压抑的屈辱的怒火，燃烧着它们取而代之的决心。传统狼王怎肯轻易就范，它们依仗着过去的权威和自信与之对抗。但实力显得太过悬殊，在疤痕狼王的示意下，基本上两只狼围着对方一只狼进行撕咬，只有疤痕狼王独自去对付对方的狼王。与疤痕狼王相比，传统狼王明显老了，再加上去年秋天的那场内耗，它虽然打赢了那场战斗，但那只强壮的公狼也在它的后腿处留下了创伤，让它的奔跑变形，更让它的行动显得迟缓。战斗仅仅发生了十几分钟，当狼王的后腿处再一次遭到重创，狼群里有五六只狼完全丧失了战斗力，躺在草地上奄奄一息。狼王只能撤退，它带着满腔的不甘与绝望向远方的草原奔逃。疤痕狼王并不追赶，它炫目的白牙上沾着狼王鲜红的血，就像夺取了全部的权威与荣耀，而远去的狼王与狼群不过是一种耻辱的存在罢了。魏远征望着远方发生的一幕，一种巨大的伤感让他无法自持，他跌坐在草坡上，他知道一个时代的王者已经谢幕，草原上的狼群将迎来新的王者。

第二天傍晚，当他把羊群关进羊圈，哈罗突然吼叫起来。哈罗警觉的方向是连队的方向，狼王带领着七八只狼默默向他走来。他意识到狼王是来向他诀别的，在这片草原已经没有它们的容身之地，它们的落败只能是别的狼群加倍攻击的理由，这同样是作为王者狼群必须要付出的代价。那七八只狼仍然呈半包围状，狼王向他走近，在突破了安全距离后，用前爪刨着地面，然后望着他。它的目光看不出丝毫落魄与哀伤，显得深沉如水。它的后腿处散发出浓烈的血腥气，他不知道它们会去向何处，但它们的命运注定是孤独之旅，他嗅着狼王身上孤独的味道，不免心潮澎湃。他走进羊群，看完羊群的牙口，挑了一只被淘汰的羊出来，那只羊就像知道自己的命运，安静得就像一滴水，当清凉的刀子捅进它的喉咙，一串串血色的气泡便奔腾而起。他宰杀完，剥完皮，拎着那只赤裸的羊向狼群走去。狼王退后了两米，狼群也跟着退后。他把那只羊放在狼王面前，然后转身走去。他蹲在屋檐下，卷了一支莫合烟，这是他唯一所能做的，就像是给狼群饯行，更像是对它们的祝福。狼群蠢蠢欲动，整个阵形变得散乱。在狼王的示意下，饥肠辘辘的狼群蜂拥而上，撕咬着大嚼大咽，但狼王并没有上去吃，哪怕一口，它就像是在维护着最后的权威与体面。狼群风卷残云般吃完，一个个又回归到原来的队形。狼王深深看了他一眼，向远方的夜色跑去。他望着离去的狼群，心里就像撕开了一个口子，感到一阵巨痛……

整整一个星期，他的心口都在隐隐作痛。一个星期后，那天的阳光格外地灿烂，草原上的万物都凝聚着光，当他赶着羊群没入草原深处，觉得什么都是明晃晃的，他微眯着眼，各种声响依次展开，就像一幅幅精美的画面,让他心醉神迷。羊群如道道白色的涟漪,在绿色般的湖面上越扩越大,他无动于衷,哈罗也无动于衷,就像一切都在可控的范围之内。阳光在一点点融化他的筋骨,他感到浑身酥软,他躺在草丛上,看着幽蓝的天空,一只鹰在天空停滞不动,就像是一颗黑色的钉子钉在那里。他望着那只鹰,觉得似曾相识,那只鹰突然掉落下来,就像失去所有的重量。那只鹰径直掉落在他身边十米的地方。他吃了一惊,起身奔跑过去,那只鹰在草丛上一动不动。他差点叫出声来,是那只他曾经救助过的鹰。那只鹰的身体在慢慢变凉,就像用一种死亡来向他告别。他的心情顿时沉重起来,变得压抑的还有天气,刚才还晴空万里,随着一场大风,整个天空立马变得阴沉。接连几天,他在那片草原遇见了野马的残骸、野驴的残骸,甚至狼的骸骨……当死亡一场接着一场,死亡便变得延绵而又圣大,他觉得这是一种寓言,死亡的寓言,他几乎能从每一次死亡的现场聆听到它们最终的不甘与内心的挣扎,这让他变得心灰意冷。当然,接连几天,天空都变得阴晴不定。他在世事无常的感悟中,神经变得越来越脆弱,当一只野兔在奔跑时,突然失去重心,在地上翻滚,他的眼泪瞬间便流了下来,在那个瞬间,他猛然意识到他从来不是这片草原的主人,他不过是一个观察者与聆听者罢了。他的身体与意识里装着整个草原的生老病死,离恨别愁。作为草原忠实的记录者,他的神思已如布匹般展开,铺满了整个草原,当第十九个孤独的春天来临的时候,与草一起变绿的还有他左腿上的一片皮肤,就像是染色了似的,变得青中泛绿,但到了秋天,便又恢复到原来的黄色。草原上的死亡还在持续,但每一次死亡的发现,都让他的心脏出现瞬间的骤停,就像他用瞬间的死亡来与死亡诀别。当然,那仍然是一片生机勃勃的草原,当枯黄的草一点点变绿,他的口腔里便充满了青草的涩味,当各种生灵的幼崽在风中一点点成长,他体内同样滋长出新的力量……一切变得如此神奇,当他完全敞开了怀抱,那片草原完全融解了他,他成为那片草原的染色体与催化剂,他再也分不清现实与虚幻的距离,当然,他也用不着分辨,作为一个孤独的个体,他只有在那片草原喧嚣的寂静中才能找到内心的安宁。无数个白天,他在那片草原上放牧、巡视,无数个夜晚,他仍然停留在那片草原,身体里沾满着夜的清凉,更沾满着草的寂静,生灵的梦呓,与生生不息的叹息……

8

在他退休前的三个月,寂静的草原再次迎来了一片庄严的喧哗。那天正午,他正在边境线巡视,便看见十几匹马由远而近。到了跟前,他认出其中的一位是边防站的钱连长。他待在草原的这些岁月,边防站光是连长都换了好几位,只有他是永不换防的巡边员。钱连长先是给他敬了一个军礼,然后向他隆重地介绍了带过来的人。但钱连长的意思他没听清,他耳边还回响着草原上的声响。那些人热情地向他伸出了手。他没有伸手,只是恍惚地望着那些人。那些人并不计较,而是顺着边境线进行了测量与勘探。他们整整折腾了两三个小时,才打马返程。一个星期后,在边防站的陪同下,那些人又来了,他们在魏远征巡视的边境线的中间开始挖坑,坑挖好后,他们把一块长方形的石头立在上面,然后开始填土,进行夯实。

当那块界碑夯实以后，上面鲜红的字迹如同滚烫的烙铁伸向魏远征的眼睛。他的整个神经发出"吱吱啦啦"的声响，眼前重重叠叠的虚影远了，包括草原上的声响与气息，如同退潮般，只裸露出那一览无余的边境线，更裸露出现实的他。他这才想起自己的责任与担当。在漫长的孤独中，他为了更好地完成自己的使命，差点忘掉自己的使命，在刻骨的煎熬中，他把那种责任归纳于一种日常，就像生活本身。他用一种习惯来持续着每天的巡视，他用生活本身来注解使命本身。然而此刻，望着那界碑上鲜红的字迹，他想起了这二十年来的岁月，更想起那深入骨髓的孤独。他感到委屈，更感到一种无上的骄傲与荣耀。他的泪水流下来了，汹涌不止，就像他整个人都是一条沸腾的河流。他庄重地向着界碑敬礼。那些人也庄严地向界碑敬礼。他们敬完礼，又同时半转身，对着他行了个军礼。他的老泪继续纵横，他无比庄重地回着军礼。他脑子里突然一阵轰鸣，就像整个草原都在此刻归入庄重的行列。

　　他退休那一天，整个草原变得无比热闹。兵二连的连长回来了，带着二十几位当初和魏远征一起分到兵二连的老兵。副连长没来，但他给魏远征捎来了两斤伊犁顶级莫合烟。张玉琴也没来，他其实是希望看到她的身影的，这二十年来，他所吃的咸菜，他所有的内衣、内裤都是出自她之手。他们之间的纠葛在漫长的岁月中，早已熬成了永远斩不断的亲情。看到他探询的目光，头发已经花白的老田叹息了一声说，玉琴没来，她其实想来，但她说，如果看到你的样子，她的心会碎掉。玉琴说得没错，眼前的魏远征早已被岁月之风吹成了一个黑瘦而寡言的老头，茂密的黑发也早已花白而稀疏，那张沟壑纵横的脸就像这片草原的地理图,分布着孤独的深深刻痕。老连长看着眼前的魏远征,不禁感叹万千,老泪纵横,但他又狠狠地擦掉,他转身大声喊着"集合",二十几个老兵瞬间行动起来,列成两队,一个个站得笔直。老连长把红色的退休证递给魏远征说,魏远征同志,你是我们兵二连的骄傲,更是我们的荣耀,你在,兵二连就永远不会撤销,现在我代表兵二连的同志向你表示崇高的敬意。敬礼。老连长给他敬了个庄重的军礼。二十几个老兵也向他齐刷刷地敬礼。魏远征哆嗦着,也回了个军礼。举行完仪式,老连长说,老魏,你现在退休了,想去哪都可以,不用在这里再忍受孤独了,总之,你的使命完成了。但老连长的话带给他的却是无尽的惶惑,他真不知道自己该去哪。老连长带着二十几个老兵向连队的那片坟地走去,他们要去祭奠兵二连的亡者。魏远征没动,老田便也不动。老田说,老伙计,你该回老家看看了。魏远征心里一震,没错,他确实该回老家看看了,该在老娘的坟前敬敬香、烧烧纸了。八年前,老田接到魏远征老家发来的电报,兵二连撤销后,这片草原便无法进行邮政业务,老田成了他和老家联系的中转站。电报上说,"老娘病危,速回"。但当时是冬天,大雪已经封路,老田只能赶紧给他的老家发电报告诉实情。老家的人表示理解。半个月后,老家又发来一封电报,告诉老田,魏远征的母亲已经亡故。老田当时便哭得泣不成声,尤其是想到魏远征竟然还一无所知,更是哭得绝望。但他只能等到第二年开春,路通的第一时间,他便心急如焚地赶到这片草原,拉住魏远征的手,告诉了这一噩耗。魏远征当时便吐出一口血来,晕倒在地。魏远征醒来后,更是哭得肝肠寸断。老田瞧着难受,安慰他说,人死不能复生,你如果心里实在过不了这个坎，便回去看看，这里有我替你守着。他当时确实有回去的愿望与冲动，但奇怪的是，他的身子死沉，就像有一种无形的东西在拖着他不放。他终究没能回去。他每天放牧回来的第一件事就是向着家乡的方向长跪不起，热泪长流。

然而此刻，他该回去看看了。老田为了打消他的顾虑，再次保证替他守着这片草原，不会出任何问题。他信得过老田。他退休的一个星期后，便踏上了回家的路。从这片草原到乌鲁木齐，是由宋词陪着的。最近七八年，宋词可以说是在这片草原待得最多的人。宋词已经成立了自己的公司，生意做得风生水起。但他同样放不下魏远征，放不下这片草原。每年的夏天，他都要在这片草原住上半个多月。魏远征知道现在的宋词很忙，有时，他用不连贯的言语赶他走。但他就是不走，宋词笑着说，无论再忙，到这片草原看看那是必须的，一是陪陪你，当然，最重要的是静静心。很显然，他把在草原的日子当成了一种修行。他停留的半个多月，每天比魏远征起得还早，他先是去屋后打理菜地，然后做早饭，吃完饭和魏远征一起踏入草原。魏远征进入草原是沉默的，宋词就像沾染了沉默的气息，便也不说话，他沉沉的目光顺着草尖滑行，他飞扬的思绪跟着草原上的生灵奔跑，在他的认识中，他同样在规划着这片草原的版图，那在山沟与草原交界的地方是狐狸出没的地方，他叫它"狐狸沟"，而蘑菇长得多的西南方，他叫它"蘑菇地"，纵使草原上动物的王者，那更替过的狼群穴居地，他叫它"一号高地"……他唯一不变的是走在边境上的那条小道上，眼睛便会闪闪发亮，他关注着那条路的每一个坑洼，每一处曲折，但他不去定义，只是默默地走……

9

宋词开着小车把他从那片草原一直送到乌鲁木齐。在那两天的行程中,他望着窗外的风景,觉得外面的世界是那么陌生,又是那么离奇。到了乌鲁木齐火车站,宋词买好票送他进去,再三给他交代了相关事项。他睁大着眼睛,默然地点头。进到里面,候车室里人山人海,他们装束各异、身份各异,有年轻的,也有上年纪的,有漂亮的,也有丑陋的……这里同样是声音的集市,有的沙哑、有的高亢、有的清亮、有的奶声奶气……还有气息,香的、酸的、臭的、腐败的,层层叠叠、无边无际……他从没有见过这么多人,也从来没有被人的声音与气息如此包裹,就像是上天对他的厚爱。他的眼前变得恍惚,就像整个候车室变成了那片他无比熟悉的草原,而那拥挤的人群成了一棵棵春天的青草,他微眯着眼,让心中的世界与眼前的世界相互重叠,在刻骨铭心的记忆中,这么多的人该是多大的一种奢望,又该是一种多大的幸福,他的眼睛湿润了,他深情的目光从一张面孔滑向另一张面孔,他的内心充满深深的感激与对这个世界的热爱。他的眼睛突然大了一倍,他凝视着对面一个年轻的女子不放。她轻咬着嘴唇,皱着眉头,一副任性甚至生气的表情。那是刘爱珍的样子,她的眼睛与脸形也是。他浑身哆嗦起来,就像上天对他的又一次垂怜。他痴呆呆的凝望引起了年轻女子的反感,她对他流露出厌恶之情。但这丝毫没有让他感到一丝难堪,就像是在给予他更多的展示,他脸上的肌肉开始了抽搐,内心涌动着更多的柔情蜜意。他的执着或者说无所顾忌让年轻的女子彻底愤怒,她求助于身边的男友。男友毫不客气地过来，推了他一把，他跌坐在地上。但他还是舍不得把眼睛挪开，他的记忆在奔涌，他的内心如同火焰般炙热，他受不了了，混浊的眼泪流了下来，他突然开始失声痛哭。他的哭声怪异而浑厚，让周围的人吃了一惊。对面的年轻女子同样感到吃惊，但她不再计较什么，她认定那个坐在地上痛哭流涕的老者精神上一定出了问题。她站起身，和她的男友一起离开他的视线。泪水模糊了他的视线，他沉浸在漫长的记忆里，继续痛哭……

五天后，他从班车上下来，一位老者目光灼灼地望着他。那位老者已经在县城里等了他整整两天。他望着老者，过去的记忆在闪光，他半是迟疑半是怯懦地叫了声"大哥"。老者一下子老泪纵横，紧紧抱住了他。从县城到他童年的山村还有几十里地，他坐在三轮摩的上，山延绵着，由西向东，旷野上飘来阵阵玉米的清香，他在呼呼的风中触摸到家乡的气息。山村盘踞在山坳的一大片平地处。大哥的房子去年才进行了翻新，院墙高耸，朱门铜环，推开大门，里面站着三十几口人，黑压压一片。听说他要回来，大哥把所有的亲人都召集到一起。他排行最小，凭借着记忆，他认出了他的二哥、三姐和四哥。那些年轻的后辈有的喊他五爷，有的喊他五爷。家乡的亲人都知道他的遭遇，更知道他如今还是孤独一人，看见他那黑瘦而苍老的脸，一个个不由悲从中来，泪流满面。当天晚上，便是给他接风洗尘，大哥在院落里摆放了两张圆桌，按照辈分依次坐下，菜几乎都是家常菜。三姐还记得他的习惯，一盘剥好的大葱，只是葱白，外加一碗深褐色的蘸酱。他拿起一段，蘸上酱，放进嘴里慢慢咀嚼，那葱是辛辣的，也是香甜的，在浓郁酱料的刺激下，他的味蕾在跳跃、在飞翔，而他的胃在一点点转动他的记忆，他想起了那些尘封的往事，更感觉到了家乡的亲切与真实。亲人们轮流给他敬酒，他望着亲人们那一张张陌生而熟悉的面孔，触摸到各自岁月的坚硬与孤独。

第二天一早，在大哥的陪同下，他来到母亲的坟前，望着墓碑上母亲的姓氏，感到罪孽深重。父亲走得早，家里所有的一切都靠着母亲支撑。母亲是个要强的女人，拉扯着五个儿女，更保持着严苛的家风，母亲不准他们小偷小摸，更不准接受别人的吃食。他初中毕业后，想去当兵，母亲支持了他的决定，当他想去边疆时，母亲沉默了一夜，第二天一早毅然地说，征儿，你去吧，好男儿志在四方。可他万万没想到，临行前的老家之行，竟然是见母亲的最后一面。此刻，母亲的含辛茹苦，如一颗青梅，在他体内缓缓下行，母亲光辉而朴素的一生在他记忆里一遍遍回放。他长跪不起，放声悲哭。他的哭声浩瀚而浑厚，带着那片草原悲伤的底色，更带着那片草原所有生灵的哭泣……

他这次回来，亲人们已经规划好他以后的日子。长兄如父，大哥带着弟妹和他进行了一次长谈。大哥的屋子是前后院，大哥的意思前院是大哥的，后院是他的，正房也分他一半。大哥说，那些年不好过的时候，他每月寄来的钱如同雪中送炭，而现在，他们的日子好了，一家人再也不要分开。大哥和亲人们的好意，让他倍感温暖，但他说自己还没有想好，并且那边的事情还没有处理完。大哥很不理解，人都讲究落叶归根，你还有什么放不下的，你现在毕竟也退休了。看着他不语，大哥只好无奈地说，这次回来，先多住一段时间再说。

回乡的日子平静如水，他每天起来第一件事，就是去看母亲。在母亲的坟前坐上一两个钟头。回来后,大哥已经泡好了茶,两人一边喝茶,一边说着过去的旧事。那些旧事就像另一种茶,把他对家乡的陌生感一点点去除,温润出一种浑厚的归属与亲切感。下午的时候,三姐到了。她身边还带着一位妇人。那位妇人也是本村人,五十出头,前几年丈夫与儿子出了车祸,如今也是孤独一人。妇人话不多,长得低眉顺目,并且手脚不停,在院里忙这忙那。三姐喊妇人过来说话,妇人便过来,却不多说,嘴角抿着笑。三姐的用意很明显,她笑眯眯地望着他,又望着妇人,把大腿一拍说,都是乡里乡亲的,没有什么不好意思的。妇人的脸红了。但第二天下午,妇人还是跟着三姐来了。

  回乡的一个星期后,魏远征的眼前却开始出现重影,他稍一虚眼,那片草原的一草一木便在眼前晃动,还有那些奔跑着的生灵,它们的声响在他耳边回荡,它们的气息在他的鼻腔缭绕。白天还好些,到了夜晚,那些声响如同潮汐,一浪高过一浪,几乎完全把他吞没。他根本无法抗拒,也无力抗拒。在家乡的日子,那片草原焕发出全部的活力与真实,把他内心一点点掏空,让他成为思念本身。一个月后,他实在待不下去了,他的整个身心都被那片草原塞满,他得承认,他只是属于那片草原的。对于他的提前离去,亲人们表示不解。他无法解释,只好说,他的一群羊要回去处理,他在委托人照看。大哥沉默不语,亲人们也沉默不语,他不敢看大哥与亲人的眼睛,他知道自己愧对他们的期待。但亲人们是宽厚的,帮他买好了车票,大哥一直把他送到县城。在县城的长途汽车站,大哥说,五弟,你回去后,再好好想想,我们还是希望你能回来。他张着嘴,但最终还是没说出什么。

由于提前给宋词打过电话,他一到乌鲁木齐火车站,宋词便来接他。宋词开着车向那片草原的方向而去。但他在车里感到一种巨大的煎熬,他让宋词把车开得再快些。没有人比宋词更懂他,他开始提速,车子风驰电掣般向他梦想的地方驶去。三天的路程,他们两天便跑到裕民县城。离草原还有三十多里地的时候,他打开车窗,草原上的风吹拂进来,他深深嗅着,眼泪便下来了。到了住所,已是黄昏,老田刚刚把羊群归入羊圈,看见魏远征,老田紧紧抱住了他,哽咽着说,老伙计,这些年你到底是怎么过来的……

第二天一早,宋词把老田送回县城。整个草原又剩下他一人。但他并不感到孤独,就像他是孤独本身。他打开羊圈,羊群沸腾了,如朵朵白色的浪花扑打在他的脚面,它们用头抵着他的腰际,发出热烈而欢欣的咩叫声,就像是在欢迎他的回归。他把羊圈的门完全打开,羊群蜂拥而出,在头羊的带领下,向着草原而去。草原越来越近,但他心慌得厉害,就像他与草原已经整整相隔了一个世纪。他和羊群一起没入草原,那青草的气息在肺腑中跳跃、舞蹈,那草原上的声音是那么清脆,又是那么浑厚,带着它们的体温与热情,他如醉如痴地望着这片草原,心里是那么宁静,更被一种强烈的归属感包裹。他在草原里慢慢地走,他的手臂沾染着草原的绿色,就像他是青草的一部分,他的耳边轰响着生灵的欢腾,就像他是草原生灵的一部分,那条边境线在远处发亮,但他记不起自己的信仰,更想不起自己的责任,就像他成了信仰的一部分,在这片草原,他终于像一片尘埃,缓缓在风中舞蹈……